Zwischenton

**Die Summe unseres Lebens sind die Stunden,
in denen wir liebten.
- Wilhelm Busch -**

Tanja Sawall

Zwischenton

Bibliografische Information der Deutschen Nationalbibliothek:
Die Deutsche Nationalbibliothek verzeichnet diese Publikation in der Deutschen Nationalbibliografie; detaillierte bibliografische Daten sind im Internet über http://dnb.dnb.de abrufbar.

Coverfoto: pixabay.com
Satz & Coverdesign: Tanja Sawall
Korrektorat & Lektorat: Heidi S.

Herstellung und Verlag: BoD – Books on Demand, Norderstedt

ISBN: 978-3-74-487399-4

Inhaltsverzeichnis

Prosa

Utopia

Traurige Ereignisse stimmen stets nachdenklich und rufen wiederholt ins Bewusstsein, dass die Sonne irgendwann nicht mehr für uns aufgeht. Da erwacht sie unwillkürlich: Die große Angst, geliebte Menschen zu verlieren, die einem das Wichtigste auf diesem Planeten sind.

Ich würde jedenfalls sehr gern sorglos und zufrieden mit all denen (weiter-)leben, die schon immer in meinem Leben waren, die es bereicherten, positiv und negativ, von denen ich lernen durfte, mit denen ich ein Stück des Weges ging, die mich begleiteten, die Einen länger, andere ein wenig kürzer. Menschen, die mich berührten, mit denen ich so viele Erinnerungen teile und neue erschaffen möchte.

Selbstverständlich wissen wir um die vorsehende Natur der Sterblichkeit, an die wir nicht denken möchten, weil sie uns lediglich eine bestimmte Frist auf Erden vergönnt. Das ist nun mal der Lauf der Zeit.

Aber kann man da nicht mal mit einem Vorgesetzten sprechen? Oder muss man erst einen Feedback-Bogen ausfüllen? Vielleicht dürfen wir länger bleiben, wenn keine zynischen Fragen gestellt werden.

Warum müssen wir eigentlich immer dann gehen, wenn wir gerade gelernt haben, mit dem Leben umzugehen? Aus welchem Grund kaufen wir uns Schönes und bewahren kleine Schätze, wenn wir sie doch zurücklassen müssen? Wozu eignen wir uns unser Wissen an und erweitern es stetig, wenn es doch mit uns verschwindet?

Etwa, um es an die nachfolgende Generation weiterzugeben? Dank der Pisa-Studie wissen wir, wie hervorragend das funktioniert. Nicht falsch verstehen, wir sollten keineswegs als ungebildete Wilde keulenschwingend durch den Betonbusch jagen. Das wäre fatal. Doch sollte die Pflege persönlicher Beziehungen sowie der Spaß an kindlicher Freude einen primären Rang einnehmen.

„Es kommt nicht darauf an, dem Leben mehr Jahre zu geben, sondern den Jahren mehr Leben", wusste ein französischer Nobelpreisträger. Denn was haben meine Gebeine davon, wenn auf meinem Grabstein „Hier ruht Prof. Dr. Dr." steht? Werden in dem Fall etwa ausnahmslos elitäre Würmer an mir und meinem Prestige nagen? Sollte meine Asche (halb-)anonym bestattet werden, kann ich letzten Endes auch nicht mehr vom Privileg der privaten Krankenversicherung auf Belegung eines Einzelbettzimmers mit Chefarztbehandlung profitieren.

Gut, wir können unsere Lebenserfahrung lehren, können unsere Weisheiten (oder was wir dafür halten) um den gesamten Globus tragen. Andererseits heißt es, dass die Jugend ihre eigenen Erfahrungen sammeln sollte, um daraus zu lernen. Das mussten wir schließlich ebenfalls ... nein, wir *wollten* das so. Ungefragte Ratschläge haben wir doch ohnehin in den Wind geschlagen.

Das lässt mich ein wenig schmunzeln, denn es muss seit Jahrhunderten so sein. Immerhin hält sich der abwertende Meckerspruch Nr. 1 „die Jugend von heute!" schon seit Generationen im Kreise der aktuell Klagenden. Oder trauern die ehemaligen Titelträger bloß der Zeit hinterher, als sie selbst mit diesem verständnislosen Kopfschütteln der offenkundig spießbürgerlichen, älteren Mitmenschen begrüßt wurden?

Ach, was waren das für Zeiten ..., tönt manch wehmütiger Seufzer.

Herr Schaffner, einmal das Jugend-Ticket, bitte ... retour und one way! Dabei drängt sich mir die Frage auf, ob wir tatsächlich für immer jung und frech sein, schmuck und knusprig aussehen möchten? Oder sehnen wir uns schlicht nach der Sorglosigkeit jener glorreichen Tage? Als wir noch unbedarft von der Selbstverständlichkeit eines jeden neuen Morgens ausgingen. Als wir dachten, wir würden die Welt erobern. Wir waren außergewöhnlich und hatten keine Angst vor der Zukunft, denn sie würde ja uns gehören. Damals, als unser persönlicher Mikrokosmos einzig mit kleinen Dramen konfrontiert wurde und generell ein Stückchen heiler war, weil wir uns nicht um

das große Ganze scherten. Als wir davon überzeugt waren, wir würden alles anders machen als
unsere Vorgänger, irgendwie besser, schneller,
leichter, intensiver, glücklicher. Als die Umgebung per se farbenfroh leuchtete und nicht in diversen Grautönen schattierte. Früher, als wir uns
täglich mit unseren Freunden trafen – von Angesicht zu Angesicht und nicht im sozialen Netz-
werk. Als Twix® noch permanent Raider® war und
die Privatsender ihre Daily Soaps nicht mehr als
für ein bis zwei Spots unterbrachen. Als wir uns
schon während der Schulstunden kurze Notizen
auf Papierzettelchen zuschoben, die Vorläufer di-
gitaler Textnachrichten, um uns für den Nachmit-
tag zu verabreden und uns der Gesprächsstoff
trotzdem nicht ausging. Als wir nicht lange genug
draußen sein konnten und mit den Eltern um zusätzliche fünf Minuten feilschten, als es die Straßenlaternen zugelassen hatten. Als wir eines Tages zur Rebellion gegen diese totalitäre Regent-
schaft antraten und den gefürchteten pubertären
Staatsstreich mal mehr, mal weniger pazifistisch
durchführten. Oder später, als die durchtanzten
Nächte nicht lang genug sein konnten, wir erst
zum zwitschernden Vogelerwachen leise den
Schlüssel im Schloss umdrehten und uns heimlich
schlafen legten – um schon mittags von Muttis
Staubsauger geweckt zu werden.
Dann die erste eigene Wohnung, Hochzeit, Kinder, Gartenzaun und Hund, manch einer klettert
nun auf der Karriereleiter, anstatt auf Bäume. Auf

der Zielgeraden bezieht man die kleine Schachtel merci-Schokolade des Alters als Dankeschön für sein Wirken, nennt es Ruhestand – und das war's.

Vielleicht geschieht das nicht immer in der gleichen Reihenfolge und gelegentlich kann man nicht hinter jedem Punkt auf der Liste einen Haken setzen. Manchmal ganz bewusst. Meist jedoch eher ungewollt, denn das Schicksal schreibt bisweilen einen anderen Plot. Am Ende zählt doch einzig und allein, ob wir unsere Pläne verwirklichen, unsere Träume leben und ein paar Spuren hinterlassen konnten.
Jede Epoche unseres Lebens ist etwas Besonderes – und dauert doch bloß einen Wimpernschlag.
Eh wir uns versehen ist die Zukunft gestern gewesen und wir fragen uns, wo die Zeit geblieben ist.
Es ist beinahe ein perfider Plan, dass die Jugend nicht zu schätzen weiß, was das Alter nie wieder erreichen kann – so sehr sie auch danach strebt. Das ist wohl das Kreuz, das wir tragen. Zwar kann das Alter die Jugend dazu aufrufen, sich zu genießen, doch wird sie es immer erst wirklich begreifen, wenn sie sich bis zur Unkenntlichkeit verpuppt hat. Würden wir uns mit diesem Wissen überhaupt trauen, den schützenden Kokon frühzeitig zu verlassen? Oft fliegen diese Schmetterlinge direkt davon ...

Mir scheint das Leben wie ein volles Champagnerglas: Frisch eingeschenkt ist es voller Tatendrang. Doch wird es schal und sprudelt nicht mehr, je länger es ungenutzt stehenbleibt – bis es gar verdunstet.

Die meisten Menschen meines sogenannten mittleren Alters stecken in einer Art Niemandsland fest; was offenbar die Erklärung für frühe Lebenskrisen ist. Wir wundern uns, wie schnell unser Jahreszähler da angekommen ist, wo er gerade steht, und fühlen uns eigentlich nach wie vor genauso wie vor zehn, fünfzehn Jahren. Handelten wir analog, merkten wir allerdings schnell, dass sich etwas verändert hat. Wir verdauen es nicht mehr so gut, nicht mal annähernd so leicht wie in jener wilden Dekade, in der wir uns so wunderbar frei fühlten und das Leben einer agilen Feder glich.

Im täglichen Einerlei verbringen wir so viel Zeit damit, unsere Leben mit unwichtigem Kram zu belasten und zu vergeuden, so dass für die wichtigen kein Platz mehr ist. Wir haben sie aus den Augen verloren und richten den Blick auf die vermeintlichen Plagen unseres Hamsterrads. Wir machen uns Sorgen um Dinge, die noch gar nicht eingetreten sind. Wir trauern um Gestern oder Vorgestern und verpassen so das fabelhafte Heute. Wir laufen wie ferngesteuert dem Glück hinterher, anstatt es anzunehmen, wenn es da ist und einfach nur glücklich zu sein – ohne Umwege!

Nicht morgen oder gestern oder irgendwann, wenn zwischen Arbeit, Stress, Ärger, Bürokratie, Streit, Sorgen und Schlafen ein kurzer Moment übrig bleibt. Später, ja später, da werden wir Zeit dafür haben. Vielleicht, wenn wir pensioniert sind, ja dann können wir viele aufregende Reisen planen und die wiedergewonnene Freiheit endlich nutzen. Und wenn nicht? Unsere Zeit ist jetzt. Wer weiß denn schon, was morgen sein wird? Ob wir das Rentenalter überhaupt erreichen. Wir sollten dankbar sein für jeden Tag und uns an den positiven Seiten des Lebens erfreuen, anstatt an der Kruste längst verschorfter Narben zu kratzen.

Wie Charlie Chaplin einst sagte: „Ein Tag ohne Lächeln ist ein verlorener Tag!"

Leider gehen wir überwiegend blind und gehetzt durch den Alltag und bemerken nicht, wie einzigartig das Leben doch ist. Wir übersehen das größte Geschenk, die kleinen Dinge, die das Leben erst lebenswert machen!

Wie schnell reichen wir nach einem Streit unsere Hand zur Versöhnung? Sicherlich kommt es auf den Inhalt der Diskussion und das Verhältnis zum Gegenüber an.

An dieser Stelle würde ich dennoch gern von meinen Großeltern lernen, die niemals ohne einen Abschiedskuss das Haus verließen – unabhängig davon, wie schwerwiegend eine vorausgegangene Auseinandersetzung war. Es könnte schließlich die letzte Begegnung gewesen sein.

Wann haben wir unseren Lieben zuletzt gesagt, wie großartig es ist, dass es sie gibt?

Eine verpasste Gelegenheit oder Chance, der nicht gelebte Moment und ungesagte Worte sind eine schmerzhafte Bürde. Etwas nicht getan oder ausgesprochen zu haben und nie wieder die Möglichkeit zu bekommen, dies nachzuholen, bereut man sein Leben lang.

Nicht umsonst lassen sich Marc Aurels Worte knapp zweitausend Jahre nach seinem letzten Atemzug zeitgenössisch zitieren: „Man bereut nie, was man getan, sondern immer, was man nicht getan hat!"

Die Zeit vergibt und lehrt uns vieles, doch zurückdrehen lässt sie sich nicht. Hin und wieder möchten wir sie entschleunigen, damit die Schönheit des Augenblicks unsterblich wird. Wir halten inne, gehen kurz offline. Aber ihr unbarmherziger Rhythmus pocht weiter monoton zu unserem Müßiggang und gibt den hinterlistigen Takt an, dem wir nie entfliehen können ...

Carpe diem.

Altersteilzeit mit Milchkaffee und Maniküre

Älter zu werden ist ein Segen, sagt man. Einige Marotten werden nichtig, etliche andere gewinnen an Bedeutung. Manche Dinge kann man tatsächlich erst in einem bestimmten Alter richtig genießen und weiß sie auch erst dann zu schätzen. Ist das so? Oder malen wir uns hier nur die grauen Haare bunt?!

Selbst der Abstand, in welchem ich selbige ihrem Naturton von vor zwanzig Jahren immer wieder neu anpassen muss, wird stetig geringer. Waren es anfänglich noch alle sechs bis acht Wochen, so bin ich mittlerweile froh, wenn die Farbe ganze vier Wochen lang hält.

Als Neuvierzigerin lebt man in einem Körper, der sich noch nicht zwischen ichbindochnochjung und „Herzlich Willkommen in meiner Menopause!" entschieden hat. Ein bisschen wie Schnitzeljagd der Hormone; mal sehen, wer als erster ins Ziel kommt. Jeder Tag ist wie ein kleiner Neuanfang, an dem wir völlig unbekannte Seiten an uns kennenlernen. Zwischen physischen und emotionalen Temperaturschwankungen glaubt man sich in einer Dauerschwangerschaft; zwar ohne Geburt, wenn auch manchmal mit Wehen, aber auf jeden Fall mit ein paar ... nennen wir es angesammelte Liebesmasse hier und da. Sicher, das könnte auch am kürzlich Verflossenen liegen. Nach jeder Trennung verhält sich der Körperumfang nämlich kongruent zum jeweiligen Kerl. Entweder man vertrocknet in Kummerdürre, weil man dermaßen bedient ist, dass man nichts herunterbekommt, oder man rennt täglich zum nächsten Durchfahrschalter lokaler Fast-Food-Ketten: Einmal das Warmalwiedernix-Menü und eine mittlere Portion Herzschmerz zum Mitnehmen, bitte! Die hinterlassene Leere muss schließlich gefüllt werden. Das funktioniert selbstredend ebenso gut mit diversen Backerzeugnissen, möglichst mit hohem Zuckergehalt. Meine bevorzugte Marke für alle Lebenslagen: Käsekuchen. Wahlweise mit Sahnehäubchen und einer Jumbotasse Café au lait, welche je nach Bedarf mit zwei bis vier Tütchen des süßen, weißen Hüftgolds aufgewertet wird. Danach meldet sich zwar das schlechte Gewissen als sichtlich erhöhte Anzeige auf der Waage, aber in dem Moment der kulinarischen Befriedigung ist das Engelchen auf der Schulter lauter. Oder flüstert da doch eher der Teufel? Ach, wen interessiert's? Hauptsache das freigesetzte Dopamin schießt uns umgehend ins gelobte Glücksbärchiland – wenn auch nur kurzzeitig. Für die übrigen Stunden müssen wir uns eben Ersatzdrogen suchen. Nichts Illegales natürlich, aber süchtig können diese Ablenkmanöver dennoch machen. Shopping, Fitness, wittlereske Wohnungsumgestaltung, Friseur- oder Nagelstudio-Besuche. Für manche scheint das Ergebnis des Letzteren sogar ein sichtbar getragenes Zeichen für den jeweiligen Gemütszustand zu sein. Allerdings könnte es auch ein kaleidoskopisch aufgetragenes Antonym darstellen, welches man dank moderner Schablonen-Modellage als zehnköpfige Gutelaunestifter immer bei sich tragen kann, quasi als winzige Talis-Männer. Im Gegensatz zu ihren großen Brüdern, mit denen sie nur den Nachnamen gemein haben, kann man diese ganz leicht auswechseln oder bei Bedarf einfach mal auffrischen. Gut, sie bringen weder den Müll runter, noch bohren sie Löcher in Wände – maximal in die Haut – aber sie brechen die eingegangene Verbindung nicht plötzlich und scheinbar grundlos ab. Als ob man nicht schon genug Probleme in dem Alter hätte ...

Sogar das einstmals üppige Haupthaar des Mannes wandert von seinem Ursprungsort ab, um sich anderweitig anzusiedeln – vorzugsweise auf Rücken und Ohren. Während so eine Glatze bei den Herren der Schöpfung durchaus sexy wirken mag, können die Vertreterinnen des weiblichen Geschlechts einen kahlgeschorenen Kopf nur tragen, wenn sie Demi Moore oder Sinéad O'Connor heißen.

Machen wir uns nichts vor: Sobald die Volljährigkeit überschritten ist, erfüllt uns nie wieder eine Jahreszahl so sehr mit Vorfreude, kein Etappenziel wird je wieder so herbeigesehnt werden.

Im Gegenteil. Manch einen versetzt die Zahl 30 dermaßen in Angst und Schrecken, dass sie ab jetzt nur noch 29 werden – und zwar jedes Jahr. Um die korrekte Hausnummer doch irgendwie anzugeben, werden gelegentlich Buchstaben entsprechend addiert. Immerhin wurden wir zur Ehrlichkeit erzogen.

Manch einen übermannt jedoch eine latente Panik, den Ball nicht mehr ins Spiel zu bekommen, weswegen man alles Gewohnte verändert und fortan versucht, möglichst viele Elfmeter zu verwandeln. Zumindest eine Zeitlang. Das endet meist mit der Erkenntnis, dass Kraft und Ausdauer alles andere als zwanzigjährig sind und Ehrenurkunden allein nicht glücklich machen. Nicht wenige kleiden ihre Persönlichkeit daher mit einer mod(r)ischen Stinkstiefelette.

Es ist mir ein Rätsel, warum unsere Großmütter und deren weibliche Ahnen, nennen wir sie „Mut-Tanten", überwiegend – und selbst im fortgeschritteneren Alter noch begeistert – Rock trugen, wenn doch die Innenschenkel ab einem gewissen Bindegewebsschwächegrad bei jedem unbestrumpften Schritt lautstark applaudieren. Gut, zu Zeiten des Reifrocks dämpften auch mehrere Lagen Stoff und spitzenbesetzte, knielange Unterhosen dieses verräterische Geräusch; eben das typische Aneinanderklatschen überflüssiger Haut. Genau jene, die sich auch schon seit Jahren am allseits bekannten Winkearm findet, der allmählich eher zum Winkewinkearm mit Echo expandiert. Ebenso entsetzt stellte ich eines Tages fest, dass sich die Haut nicht nur am Kinn, sondern auch am Knie und Ellenbogen verdoppelt hat. Wen juckt's dann noch, dass man plötzlich weniger gelenkig ist. Natürlich tritt das nur ein, nachdem sportliche Betätigungen über einen geringen Zeitraum von ein paar wenigen Jahrzehnten ausgefallen sind. Derart untrainiert verwundert auch die Kurzatmigkeit beim Treppensteigen in das schwindelerregend hohe Stockwerk einer zweiten Etage nicht. Das liegt keinesfalls an der steigenden Anzahl der Lenze. Prompt tummeln sich im E-Mail-Eingang ungebetene Werbenachrichten einer bekannten Diätpunktephilosophie-Gemeinschaft. Spätestens jetzt dämmert's mir, warum Mathematik in der Schule doch ihre Berechtigung hatte.

Sollte ich mir vielleicht Gedanken machen, wenn obendrein Post vom Vermieter eintrudelt, der mir altersgerechtes Wohnen unterjubeln und mich ungefragt zu einem Informationsabend für Senioren entsprechend meines Alters einladen möchte. Ich muss doch sehr bitten! '75 ist mein Geburtsjahr, nicht mein Alter!
Dass meine Zellen dennoch nicht mehr ganz so juvenil sind, erkenne ich daran, dass ich mich früher bei der Umstellung von Sommer- auf Winterzeit auf eine zusätzliche Stunde in der Disco ge-

freut habe. Heute zelebriere ich mit Begeisterung diese eine geschenkte Stunde Schlaf.

Obwohl ich mich immer noch jung fühle, beweist mir nicht nur mein Körper das Gegenteil, auch mein Spiegelbild wirft mir regelmäßig ein anderes Bild vor als das, was ich eigentlich erwarte.

Die Jugend hat den Staffelstab endgültig an die Altersteilzeit abgegeben, wenn sich die zwickenden Zipperlein unkontrolliert vermehren (ernsthafte Erkrankungen klammern wir an der Stelle mal aus), die Verdauungsgeräusche anfangen, wie knurrende Zwergpinscher zu klingen, und Augenfältchen selbst während einer saftigen Standpauke weiterlächeln.

Von nun an gehören Sehhilfen, Hörgeräte, künstliche Hüftgelenke, Zahnimplantate mit aufgehübschten Beißerchen – tunlichst weißer als vorher – in anarchisch auftretender Reihenfolge zur Grundausstattung. Ein niedliches, kleines Ersatzteillager, das weder schön noch selten ist. Doch früher oder später ereilt fast jeden dieses Alterssiegel.

Irgendwann wird wohl auch mein Eigengeruch wechseln, nämlich in ein Aroma, das an alte, in ranzigem Fett geröstete Nüsse erinnert, gepaart mit einem Atem raubenden Odeur, Marke gärendes Obst; als befinde sich die Frucht bereits in dem Aggregatzustand kurz vor Flüssigkeitsaustritt.

A propos ... noch leide ich glücklicherweise nicht an Inkontinenz, dafür steigt die Anzahl der nächtlichen Ruhestörungen durch Toilettengänge zusehends. Es scheint, als meuterten sämtliche Schließmuskel gegen übertrieben seltene Nutzung – und erneut naht die buchstäbliche Dehydrierung. Nicht zuletzt und ganz besonders durch die Tränendrüsen. Dort sammeln sich offenbar jedwede hormonelle Hysterien der letzten Perioden und werden bei jeder unpassenden Gelegenheit ausgeschüttet.

Von übler Trägheit betroffen, erschlaffen auch alle anderen Muskeln und setzen Gemütlichkeitsfleisch an, weswegen uns die Schwerkraft fest auf die Couch tackert und Augenlider scheinbar unzertrennlich werden – als hätten wir statt Mascara Sekundenkleber aufgetragen. Ebenso arbeitsscheu verweigert uns selbst der Zungenmuskel seinen gehorsamen Dienst.

Hier zeigt sich ein kleines Phänomen: während wir uns der bleischweren Ermattung im Wachzustand widerstandslos ergeben und weniger bis gar nicht mehr kommunizieren, plappern wir während des Nickerchens unverständliches Kauderwelsch, wie ein lallendes Äffchen. Schnarchen, schmatzen, knirschen, sabbern, flatterige Lippengymnastik – natürlich unbewusst – sind nun unsere musikalischen Schlummer-Gefährten. Aber was soll's? Wir schlafen ja eh nicht mehr richtig, rennen wir doch ständig aufs stille Örtchen.

Vielleicht können wir dem entgegenwirken, indem wir tagsüber die harntreibenden Trinkrationen, zumindest den exzessiven Koffein-Genuss, reduzieren. Allerdings nicht die Wassermenge; das wäre nicht nur ungesund, sondern vertiefte die Dürre-Stigmata im Gesicht darüber hinaus mit einer bröckelnden Fassade, ähnlich einer unsanierten Burgruine.

Demnach bleibt mir im Lebensherbst also die Wahl zwischen Baum und Borke. So erklärt sich wohl die Krise, das Auf und Ab zwischen Ausgelassenheit und Melancholie, welche uns zyklisch vor, während und nach der klimakterischen Welle überflutet. Da drängt sich die Frage auf, ob sich hinter der gefürchteten Diagnose Alter(n) lediglich eine beinahe schmerzlose Romanze versteckt, die nur sporadisch von einem Hauch Wehmut begleitet wird. Diese Wehmut, die uns alle hin und wieder heimsucht. Eine Erinnerung an unbeschwerte Tage, an Bewegungsfreiheit, die, neben einer unbekümmert munteren Agilität, aus weniger gesellschaftlichen Zwängen, welche wir uns größtenteils selbst auferlegen, besteht.

Kopf hoch, Baby! Solange es Milchkaffee und Maniküre gibt, dreht sich die Welt mit wunderbaren kleinen Glücksmomenten weiter. Schließlich kann es ja nur besser werden ... irgendwann.

Hey Mädels, wir sind pures Karamell – heiß und zuckersüß. Egal in welcher Lebensphase. Erst das Wechselspiel zwischen charmantem Esprit im

Amazonenlächeln und bühnenreifem Furientheater verleiht uns genau die richtige Würze, wie mittelalter Gouda.

Deshalb, liebe Leidensgenossinnen da draußen, bei jeglicher Art von Alterswahnsinn sowie Kummer, Pein und Tränenfluss bitte stets dieses Taschentuch zum Käsekuchen servieren: In jeder Hoffnung wohnt ein kleiner Traum. Doch ein jeder Traum lebt erst durch Hoffnung. Denn manchmal nutzt der Zufall die Gelegenheit und macht Dir die schönsten Geschenke ... erst recht im gewissen Alter.

Dort, wo Du liegst

Einer buddhistischen Weisheit zufolge ist das einzig Beständige in dieser Welt die Unbeständigkeit. Selbst ein Diamant am Ringfinger bleibt nicht ewig ...

So versprach der 02.05.1998 ein warmer, sonniger Tag zu werden. Gleichwohl färbte sich dieser malerische Maimorgen trüb. Die Welt hielt an und forderte eine Entscheidung, deren Resultat für mehrere Jahrzehnte Bestand haben sollte. Die Auswahl der Gestaltung war deshalb besonders essentiell. Es sollte Dir gerecht werden: stattlich, charakterfest nach klaren Regeln, vielleicht manchmal etwas zu starrsinnig, aber voll fürsorglicher Güte und Liebe.

Es ist seltsam, woran wir denken, was uns bewegt, wenn die Zeit vermeintlich stehenbleibt und uns irgendwann einholt. Ich erinnere mich noch genau an den Klang Deiner Stimme; vornehmlich bei Ermahnungen. „Na! Tanni ...", mit einem rasch gesprochenen Anfang, um auf einer langgezogenen, fast enttäuschten Silbe zu enden. Es wirkte nie aufrichtig böse, eher wie ein vorwurfsfreies: „Ach, das muss doch jetzt nicht sein, oder?", denn überwiegend war ich Dein Spatz. So sehr ich mich bemühe, mir fällt keine Situation ein, in der Du mich je bei meinem vollen Vornamen gerufen hättest.

Es ist, als schaute ich gestern erst in Dein markant schmales Gesicht mit der hohen Stirn. Ich erinnere mich daran, wie Deine Hände und Fingernägel ausgesehen haben, daran, dass Du immer die gleiche Frisur mit dem gepflegten Backenbart getragen hast und nie wirklich grau wurdest. Der holzige Duft Deines klassischen After Shaves, welches stets sorgfältig in seiner blauroten Schachtel aufbewahrt wurde, ist mir noch immer gegenwärtig. Edelmännisch wirkte nicht nur der Hut, den Du getragen hast, sobald es Herbst wurde; ebenso der ausschließliche Gebrauch von Stofftaschentüchern. Andere, wie die aus Papier, kamen nicht in Frage. Nicht mal der gelegentliche Genuss von Schnupftabak änderte diese Gewohnheit. Die graublaue Steinzeugflasche mit dem prominenten Schmalzlerfranzl-Emblem schmückte das Bücherregal und stand inmitten einer Lexikon-Enzyklopädie, die in rotes Leder gebunden war.

Ich sehe Dich am Wohnzimmertisch rätseln und abends Deine Obstkur präparieren, indem Du die einzelnen Sorten in mundgerechte Stücke schneidest. Niemand vermochte bislang so ein fluffiges und schmackhaftes Rührei zu zaubern, wie Du es immer für mich zubereitet hast. Wärst Du nicht gewesen, könnte ich meinen Kopf jetzt nicht geradehalten. Du hast die leichte Anomalie bemerkt, als wir das erste halbe Jahr bei Euch wohnten, damals Mitte der Siebziger.

Auch später verbrachten wir viel Zeit bei Euch. Etliche Familienfeste und sonstige Zusammenkünfte – zu feiern gab es schließlich immer etwas – oder gemütliche Treffen am Sonntagnachmittag mit diversen Kartenspielen erscheinen vor meinem geistigen Auge. „Mau-Mau", „Elfer raus!" und „Rommé" waren die Favoriten, mitunter wurde auch gekniffelt. Brettspiele wie „Mensch ärgere Dich nicht!" vermieden wir irgendwann, denn Du bist dem Appell allzu häufig nicht gefolgt und hast Dich stattdessen herzhaft geärgert.

„Ahyperkati!", höre ich Dich leidenschaftlichen Bayern-Urlauber rufen, wenn etwas mal nicht so funktionierte, wie es sollte oder als Reaktion auf Unerwartetes. Noch immer sind die genaue Bedeutung und Herkunft nicht vollends geklärt. Jedoch könnte dieses „sündige" Wort in angepasstem Bukowinadeutsch „a păcătui" entlehnt worden sein – quasi als gemäßigter Fluch.

Deine Heimat musstest Du früh verlassen, bliebst aber zeitlebens mit ihr durch die Landsmannschaft der Buchenlanddeutschen verbunden.

Wir als Familie lernten diese nur kulinarisch kennen und servieren ihre leckeren Schätze bis heute. Sie sind wie Geschenke aus einem appetitlichen Präsentkorb, der uns hinterlassen wurde. Ein ganz besonderes Erbe, das unbeschwerte Kindheitstage selbst nach über dreißig Jahren spontan aufleben lässt. Es braucht nur eine Messerspitze von diesem oder jenem Menü, und all die wunderbaren Momente mit den Großeltern, bei denen die

Schlafenszeit prinzipiell um ungezählte Stunden überzogen wurde, sind sofort da – nicht nur die vom liebevoll eingedeckten Mittagstisch.

Die Sommermonate verbrachten wir beinahe täglich in Eurem Garten hinterm Haus. Die separaten Parzellen waren für jede der vier Mietparteien großzügig angelegt. Wir sonnten uns auf Klappliegen und grillten regelmäßig. Ich sehe Dich vor mir, wie Du in Jeans-Shorts und weißem Unterhemd die grau-rote Gasbuddel für den Bratrost vorbereitest. Trocknete dort nichts, spielten wir anschließend Federball auf dem begrünten Wäscheplatz oder ernteten reife Erdbeeren vom kultivierten Teil des Grundstücks.

Ich weiß noch genau, wie Du mit einem Anhänger, zunächst am Fahrrad, später am Mofa, Wasserkisten vom Getränkemarkt abgeholt hast. Nach einem Arbeitsunfall wurdest Du mehrfach am Fuß operiert und gingst trotz Bandage humpelnd am Stock. Ohne Deinen glänzend braunen Holzkameraden warst Du außerhalb der Wohnung nie unterwegs. Dennoch hast Du gern das Tanzbein geschwungen, manchmal sogar in der guten Stube. Aus dem Stereoanlagenturm jodelte dann Volksmusik über zwei silberfarbene Lautsprecher, deren schmaler Stielfuß je einen sphärischen Kopf trug, Diskokugeln ähnlich.

Die Geselligkeit zelebrierend, warst Du überall willkommen und nicht nur in den eigenen vier

Wänden oft umgeben von Freunden und Verwandten.

Du bist an einem frühen Samstagmorgen eingeschlafen. Friedlich und schmerzfrei hast Du ausgesehen – und doch war es ein schwerer Abschied.

Dass Du an einem sonnigen Platz Deine Ruhe findest, war uns wichtig. Nur ein paar dicht bewachsene Äste spenden Dir hin und wieder etwas Schatten. Sie rascheln und knarzen, wenn der Wind mit ihnen tanzt. Der ausgesuchte Stein sollte Dir gerecht werden: stattlich, charakterfest nach klaren Regeln, vielleicht manchmal etwas zu starrsinnig, aber voll fürsorglicher Güte und Liebe. Er erinnert an Dich mit einem schwungvollen Schriftzug aus Deinem Namen, dem Datum, an dem Du auf diese Welt kamst – und dem, an dem Du von ihr gingst. Er ist grau, obwohl es Deine Haare nie waren. Er erzählt nicht von Dir und er spricht auch nicht. Niemals nennt er mich beim Namen. Er ragt ganz ruhig in die Höhe, dort, wo Du liegst. Neben ihm zwei kleine Bäumchen, wechselnde Bepflanzung davor. Zwei Engel bewachen Deinen Schlaf.

Die aufgestellte Kerze schenkt Dir hoffentlich genügend Licht, damit Du den Brief lesen kannst, den ich Dir mit auf den Weg gab, und der Dich seither in der Brusttasche Deines Sakkos begleitet. Handgeschrieben war er, in zweifacher Ausführung, einer für Dich und einer für mich. Das sollte uns verbinden.

Da steht er nun, der Stein, der an Dich erinnert, aber nichts sagt. Er kann nicht wissen, wie sehr ich Dich vermisse.
Eines Tages wird auch er zwangsläufig verwittern. Er, der Deiner so stattlich und ruhig gedenkt, während er dem unbeugsamen Wechsel der Jahreszeiten, der Natur und ihren Exkrementen schonungslos ausgesetzt ist. Doch so sehr der Zahn der Zeit noch an ihm beißen mag, …
Du bist „mein Opi" und ich „Dein Spatz".
                              Das ist, was ewig bleibt.

Eine flog nach Paris

September 2006. Betriebsausflug nach Paris von Hannover Airport mit einem gelben Billigflieger-taxi. Mein erster Trip über den Wolken. Entsprechende Aufregung im Handgepäck und Vorfreude im ängstlichen Lächeln. Die Check-In-Prozedur inklusive Wartezeit wurde weitestgehend aus dem Gedächtnis gelöscht. Vergleichbar mit der fehlenden Erinnerung an die Vorbereitungen einer OP beim Erwachen aus dem Dornröschenschlaf. Lediglich das zittrige Schlürfen eines alkoholfreien Kaltgetränks hinter einem Imbisstisch erscheint schemenhaft vor meinem geistigen Auge.

Irgendwann standen wir zum zweiten oder dritten Mal in einer zivilisierten Schlange. Wie es sich für ein braves Herdentier geziemt, trottete ich der Masse hinterher, sehenden Auges meinem Schicksal entgegen. Über eine nicht enden wollende Fluggastbrücke betraten wir schließlich die Maschine.

Sie beherbergte einen langen Gang mit sechs Sitzen pro Reihe, drei auf jeder Seite. Typisch für Schmalrumpfflugzeuge, die auf Kurzstrecken eingesetzt werden. Bei vier Reisenden musste also einer, in dem Fall der Chef, gegenüber sitzen. Kaum angeschnallt und den blechernen Vogel in Position gebracht, wurden auch schon die Triebwerke an- und ich in den Sitz geworfen. Ich fahre gern Achterbahn, aber das ...

Der Start verlief reibungslos, die Reisehöhe war schnell erreicht. Prompt zeigten sich üble Symptome des gemeinen „Morbus Angsthase". Die Vorboten hatten es bereits am Boden angedeutet, nun entfaltete sich das volle Programmheft: schweißnasse Patscherchen, deren Nägel sich in freundlich gereichte Nachbarshände verfingen und tiefe Furchen hinterließen; schnelle, flache Atmung einer Hyperventilation gleich, bedrohliche Schwärze vor den Augen. Übelkeit blieb glücklicherweise aus, dafür stand eine Ohnmacht aber kurz bevor. Mindestens. Meine kollegialen Händchenhalter informierten die Flugbegleiter. Wir saßen im hinteren Drittel. Von dort rief die Alarmierte quer durch den Raum in Richtung der vorderen Jumpseats: „Eine Reisetablette! Wir haben hier 'nen Erstflieger!" Wumm. Bitte alle Augen auf mich. Genau hier, wo der rote Pfeil leuchtet ...

Ein Meer aus breiten Grinsebacken nahm schadefreudigen Anteil an meiner Lage. Nun wusste es also auch der letzte Passagier. Ein verschämtes Schmunzeln – mehr Resonanz brachte meine versteinerte Miene nicht hervor.

Das zügig gelieferte Medikament spülte ich mit einem Gläschen Prosecco herunter. Gute Idee. Jetzt wurde das Schwarz noch ein wenig dunkler. Die fürsorgliche Stewardess brachte eiligst Eiswürfel für meinen Nacken. Leider wurde auf die Schnelle kein geeignetes Behältnis gefunden, so dass das gefrorene Nass in einen Spuckbeutel, besser bekannt als „Kotztüte", gefüllt wurde – unbenutzt, versteht sich. Ein nettes Gespräch über Belangloses sollte mir als Ablenkung dienen. So verging eine knappe Stunde. Kurz vor der Ankunft machte es der Kapitän noch einmal extra spannend. Er erinnerte sich offenbar an seinen früheren Beruf als Karussellbetreiber und gönnte mir ein paar zusätzliche Schleifen, um meinen nahenden Kreislaufkollaps aufs Neue kräftig anzufeuern. Doch sollte ich in dem Moment auf ein viel gravierenderes Problem aufmerksam werden: Eine leichte Feuchtigkeit hatte es sich auf meinem Rücken bequem gemacht. Die Eiswürfel waren wohl inzwischen geschmolzen und tropften fröhlich der Schwerkraft entgegen. Ergo wurde es Zeit, das durchtränkte Papierfutteral aus meinem Genick zu entfernen. Was soll ich sagen? Natürlich mit der offenen Seite nach unten! Der gesamte Inhalt ergoss sich in meinen Schoß. Na Bravo! Nun sah es auch noch so aus, als hätte sich die inzwischen prominente Debütantin in die Hose gepullert.

Immerhin durfte ich nach der Landung die Piloten im Cockpit begrüßen und einen Knautschflieger der Linie samt Unterschriften der Crew mit nach Hause nehmen.

Es soll übrigens ein sehr ruhiger Flug gewesen sein ...

Seelensammler

Als Emma Sanders zu sich kam und ihre Augen langsam öffnete, war ein Fußboden das Einzige, was sie sah. Bäuchlings wurde sie platziert, mit dem Gesicht nach unten in einer Aussparung steckend, wie auf einer Massageliege. Durch das eingeschränkte, ellipsenförmige Sichtfeld registrierte sie eine schmale, längliche Senke, die mit einem Metallgitter bedeckt war, damit Flüssigkeiten von der glatten Fliesenoberfläche ablaufen konnten. Der Versuch, sich umzudrehen, scheiterte. Emmas Körper hörte nicht auf sie. Sie musste festgeschnallt worden sein. Anders war diese Bewegungsunfähigkeit nicht zu erklären. Allerdings spürte sie sich ohnehin nicht richtig. Sie versuchte, mit ihren Zehen zu wackeln, doch fühlte nichts, und konnte noch nicht einmal erkennen, ob ihr Befehl über die Nervenbahnen bis zu ihren Füßen weitergeleitet wurde. Warum sollte es nicht? Anderenfalls müsste sie doch betäubt worden sein. Wann hätte das passiert sein sollen? Was war hier nur los?

Es gelang ihr schließlich, den Kopf anzuheben und seitlich auf einer Wange abzulegen. Sie befand sich in einem ihr unbekannten Raum, abgeschottet ohne sichtbare Fenster, verriegelt mit einer gepolsterten, schweren Eisentür. Grelle Neonröhren an der Decke bildeten die einzige Lichtquelle, neben ihr eine ausgeschaltete Operationslampe. An der gegenüberliegenden Mauer stand eine Werkbank mit Handwerker-Utensilien. Darüber hing schweres Gerät; mehrere Sägen, ein großer Gummihammer und einer mit Eisenbeschlag, auf der einen Seite flach, auf der anderen mit zwei Zangen zum Entfernen widerspenstiger Haken, eine Schraubzwinge, Feile sowie diverse Nägel und Schrauben in verschiedenen Größen, fein säuberlich in durchsichtigen Schubladen einsortiert. In unmittelbarer Nähe befand sich ein fahrbarer, silberfarbener Tisch, wahrscheinlich aus Chirurgenstahl, auf dem allerlei Operationsbesteck neben einer Knochensäge, einem Beil und einem Spreizinstrument aufgereiht war. An der Wand hingen dicke Haken, wie man sie aus Fleischergeschäften kennt. Sie erschrak fürchterlich und schrie, als sie eine abgetrennte Hand in einer ebenfalls silberfarbenen Schüssel entdeckte, die in Augenhöhe an einer Art Waage hing. Sie glaubte zu zittern, jedenfalls verhielt sich ihr Atem so. Ihre leicht geöffneten Lippen ließen ihre Kiefer gegeneinander flattern, ähnlich dem Flügelschlag eines Kolibris. Die Augen statisch aufgerissen. Der Kopf vibrierte fast. War es eine Attrappe? Es musste eine sein, alles Übrige wäre zu heftig, zu abstrakt für ihre Vorstellungskraft. Eine andere Möglichkeit kam nicht in Betracht. Sie hatte so etwas zwar schon im Fernsehen gesehen, in Spielfilmen oder als Nachricht, fernab ihrer Realität. Doch so etwas passierte nicht wirklich. Nicht hier. Nicht ihr.

Sie war starr vor Angst und versuchte dennoch, ihren Blick Richtung Körper zu neigen, um an sich herunterzuschauen. Sie drehte ihn leicht nach links und war erleichtert. Ihr unbekleideter Arm lag angewinkelt, die Hand ruhte ausgestreckt auf der Bahre, ohne Fesseln oder Handschellen. Vorsichtig und schwerfällig drehte sie ihr Haupt zur anderen Seite in der Hoffnung, hier das gleiche, intakte Bild vorzufinden. Doch auf dieser Seite baumelte der Arm herunter, so dass sie nicht erkennen konnte, ob sämtliche Gliedmaßen vorhanden waren. Emma schob ihr Gesicht wieder in die Aussparung in der Hoffnung, ihre rechte Hand so sehen zu können. Doch die Pritsche war zu breit und der Blickwinkel reichte nicht aus; vergebens der Versuch, um die Ecke zu gucken – und doch wurde sie auf grausamste Art belehrt. Auf dem Boden befand sich eine dunkelrote, dickflüssige Pfütze. Hellrotes tröpfelte stetig nach. Genau von der Stelle, an der sie ihren Arm vermutete.

Sie wollte schreien, doch es kam kein Ton aus ihrem weit geöffneten Mund. Es war, als liefe sie barfuß über einen Steinboden. Die übertragene Kälte machte sich zwischen ihren Zehen breit und kroch langsam über ihre Beine, den Rumpf entlang bis hinauf zu ihrer Nasenspitze. Eisig krabbelte die Gänsehaut über ihren Körper, als wollte sie ihre Trägerin in einen Schutzmantel hüllen – und bewirkte damit doch nur das Gegenteil. Es konnte nur ein Phantomgefühl sein, denn die Betäubung – da war sie sich inzwischen sicher – hatte noch nicht nachgelassen und paralysierte sie weiterhin. Ob sie nur deshalb noch nicht verblutet war, weil ihr Blutdruck durch den Schock verlangsamte oder ihr zusätzlich ein hämostatisches Mittel verabreicht wurde, wusste sie nicht. Letztendlich zählte nur, dass sie noch lebte. Doch wie könnte sie entkommen? Würde es ihr überhaupt gelingen zu fliehen – selbst wenn sie über einen so langen Zeitraum hier läge, dass sie irgendwann die Gewalt über ihren Körper wiedererlangte? Was würde sie außerhalb dieses Raumes vorfinden?

Es roch muffig, nach kalt-feuchtem Keller. Irgendeine präparierte Gartenlaube oder abgelegene Scheune hätte es aber genauso gut gewesen sein können, denn es waren keine Umgebungsgeräusche wahrnehmbar. Es dämmerte ihr, dass dieses Verlies nun ihre Folterkammer werden sollte, aus der es keinen Ausweg gäbe. Sie wusste nicht, wie sie an diesen schaurigen Ort gelangt war. Sie musste überfallen worden sein, so viel war gewiss. Sie erinnerte sich nur noch daran, wie sie am Hauptbahnhof aus der Regionalbahn gestiegen und zur Tram-Haltestelle gegangen war. Die Straßenbahn hatte sie gerade verpasst, für ein Taxi war sie zu knapp bei Kasse. So entschloss sie sich, die Strecke zu Fuß zu gehen. Das Ziel sollte eine Disco in der großen Stadt sein. Dafür war sie eigens aus dem kleinen Nachbardorf angereist. So wollte sie sich von dem neuerlichen

Streit mit ihrer Mutter, welcher das wöchentliche Telefonat abrupt beendete, ablenken und ordentlich Dampf ablassen. Nicht einmal die räumliche Trennung brachte Ruhe in ihr angespanntes Verhältnis. Vor kurzem war Emma übergangsweise bei Andreas Lohse, dem Ex-Freund ihrer Mutter, eingezogen, was diese zwar mit Argwohn zur Kenntnis nahm, es auf Grund Emmas Volljährigkeit aber nicht verhindern konnte. Andreas war stets neutral, hielt sich aus den Streitigkeiten der beiden Damen heraus. Noch immer hatte sie keine Erklärung dafür, warum ihre Mutter sich von diesem gutmütigen Mann getrennt hatte. Jahrelang waren sie ein unzertrennliches Paar, glichen sich gegenseitig aus. Er war der Ruhepol der Patchwork-Familie. Das Mädchen fand in ihm eine verlässliche Vaterfigur. Doch ganz plötzlich, von einem Tag auf den anderen und ohne erkennbaren Anlass, setzte ihre Mutter den sanften Mann fast wutschäumend vor die Tür.

Als die Tochter diesen unbegreiflichen Vorfall einmal mehr enträtseln wollte und die Frau Mama dazu ausfragte, eskalierte das fernmündliche Gespräch auf die ihr bereits bekannte Weise. Nachdem Emma ihre Fassung einigermaßen zurückgewonnen hatte, entschied sich die Achtzehnjährige auszugehen. Sie zwängte sich in das einzige Outfit aus ihrem Fundus, das ein wenig sexy anmutete, aber trotzdem nicht zu viele ihrer weiblichen Attribute offenbarte. Es dämmerte bereits, als sie aufbrach. Die Fahrt dauerte eine knappe halbe

Stunde. Als sie den Bahnhof verließ, um den not-
gedrungenen Fußmarsch anzutreten, genoss
Emma die halbkühle Abendluft und atmete die
frischgewonnene Freiheit. Der Dreiviertelmond
schien erhaben milchig über der Stadt und tauchte
die urbane Wirklichkeit in eine verwaschene Atmosphäre. Tiefliegender Nebel schlich um die
herbstbunten Bäume und grauen Straßenlaternen,
die ihrerseits ein verschwommenes Licht zurück-
warfen. Die Landschaft bot eine fast mysteriöse
Szene. Eine Nacht wie ein mahnendes Klischee.
Das war das Letzte, an das sich Emma erinnerte.
Jetzt lag sie hier und spürte ihren Körper nicht.
Lediglich den Kopf konnte sie noch ein wenig bewegen, wenn auch etwas benommen mit ver-
schwommener Sicht. Zwar sah noch fühlte sie
einen angelegten Periduralkatheter, dennoch war
es sehr wahrscheinlich, dass ein hoch konzentrier-
tes Lokalanästhetikum in den Bereich ihrer Brust-
wirbelsäule injiziert worden war. Warum lagerte
sie sonst in dieser Position, statt auf dem Rücken?
Zumindest wäre es dem Täter durch die herbeige-
führte Lähmung einer PDA möglich gewesen, die
vollständig motorische Blockade mittels einer
Pumpe kontinuierlich aufrechtzuerhalten – und
die ansonsten unerträglich qualvollen Misshand-
lungen bei vollem Bewusstsein schmerzfrei
durchzuführen.
Wie lange hielt er sie wohl schon gefangen?
Stunden? Tage? War es noch dunkel oder bereits
hell? Ob ihr Verschwinden bemerkt wurde?

Suchte man inzwischen nach ihr? Hätte sie doch bloß ihr Handy nicht zu Hause gelassen, dann könnte sie wenigstens geortet werden. Vermutlich hatte er ohnehin sämtliche ihrer Habseligkeiten anderweitig entsorgt. Die Fragen rauschten nur so durch Emmas Gedanken ...

Mit einem lauten Anprall wurde die schwere Tür aufgestoßen. Emma glaubte zu spüren, wie ihr Körper zusammenzuckte. Sie atmete panisch hechelnd, fast fischmaulartig; die Augen gezeichnet vom Noradrenalin-Einschuss. Sie blutete umgehend stärker, empfand aber immer noch keine Schmerzen. Sie wollte nur weg. Weg aus dieser ausweglosen Situation. Was würde er mit ihr anstellen? Trennte er nun etwa auch noch die andere Hand ab? Sie wagte es nicht, ihren Peiniger anzusehen. Ihr Gesicht steckte noch immer in dem dafür vorgesehenen Loch der Liege. Sie erkannte schwarz glänzende Gummistiefel, als er neben ihr in Kopfhöhe stand. Er sagte nichts, kein Wort, kein Befehl. Emma gab sich alle Mühe, ebenfalls keinen Laut von sich zu geben – als ob sie somit unsichtbar würde. Sie dachte an ihre Mutter, wie gern sie sie noch einmal wiedersehen, in die Arme schließen und ihr sagen würde, was sie ihr bedeutete, wie unnötig all die Streitereien gewesen sind. Sie biss sich fest auf die Unterlippe und würgte die versehentlich abgekauten Hautfetzen herunter. Ein leises Wimmern entwich ihr dennoch unwillkürlich. Sie spürte einen Schlag mit flacher Hand auf dem Hinterkopf. Es schien ihm zu missfallen. Noch immer sagte er nichts. Tränen tropften auf den Boden neben die Blutlache, die aus ihrem Arm gesickert war. Zum Glück bemerkte er das nicht. Wer weiß, wie er das sonst bestraft hätte ...

- - -

„Frau Sanders ... Wir haben nun auch die Beine Ihrer Tochter gefunden. Leider fehlen uns ihre Hände noch immer ...“

„Danke! Aber ... wie oft muss ich meine Tochter eigentlich noch zu Grabe tragen? Sie und Ihr Team der Sonderkommission geben Ihr Bestes, Herr Wagner, das weiß ich. Doch ich ertrage das einfach nicht mehr! Erst der Kopf, dann der Torso, jetzt die Beine ... Und ihre zarten Hände? Was hat er nur mit denen gemacht? Schon klar, er wollte die Identifizierung erschweren. Herrje, was für ein Mensch muss man sein ...“

„Keiner, Frau Sanders. Das war ein Unmensch, ein Psychopath, ein krankhaft gesteuerter Soziopath ohne Gewissen oder Reue! Wir werden ihn finden. Irgendwann. Dann werden wir ihn seiner gerechten Strafe zuführen. Das verspreche ich Ihnen!“

„Wie können Sie das? Sie haben ja noch nicht einmal alle Körperteile meiner Emma finden können!“

Lukas Wagner fuhr zurück zur Dienststelle. Diese Art Nachrichten überbrachte er lieber persönlich statt am Telefon.

„Na Lukas, zurück von Frau Sanders?"

„Kollege Krüger! Ja, die arme Frau kommt einfach nicht zur Ruhe. Jedenfalls nicht, so lange wir ihre Tochter nicht vollständig zurückgebracht und den Bastard, der ihr das angetan hat, endlich dingfest gemacht haben. Bei aller pervertierten Brutalität hat es zumindest keine Anzeichen eines sexuellen Übergriffs gegeben. Aber sie zerbricht daran, dass sie im Streit auseinander gegangen sind und eine Versöhnung nie mehr möglich sein wird. Da soll sie ihre Tochter wenigstens angemessen bestatten können. - Was hast Du?"

„Nichts Neues. Nur ein paar Wichtigtuer, die angeblich gesehen haben wollen, wie Emma mit einer jungen, brünetten Frau unterwegs gewesen sein soll. Die Zeugenaussagen stimmen allerdings mit dem Zeitpunkt des Verschwindens überein."

„Na gut, das ist kein Kunststück, der ging schließlich durch alle Medien. Es wäre doch denkbar, dass Emma sich mit einer Freundin getroffen hat oder es eine zufällige Zugbekanntschaft gewesen ist. Vielleicht wollte sie lediglich in die gleiche Richtung oder nach dem Weg fragen. Wie sieht es denn mit einer Beschreibung dieser Unbekannten aus? Können wir ein Phantombild anfertigen lassen?"

„Leider war es an dem Abend wohl zu neblig und schlichtweg zu dunkel, um aus der Ferne so viel zu erkennen, dass es für eine detaillierte Skizze reicht."

„Verdammt! Wir brauchen da schon etwas mehr ..."

„Stimmt. Ich frage noch mal in der KTU nach, ob sich bei den Schnittproben etwas ergeben hat. Die einzelnen Körperteile wurden ja mit unterschiedlichen Werkzeugen abgetrennt."

„Ja, mach das, Felix! - Oh man, das erinnert mich mehr und mehr an einen ganz ähnlichen Fall, der schon fünfzehn Jahre zurückliegt ..."

„Welchen meinst Du?"

„Lotte Rößler. Du warst noch nicht bei uns, als das passierte. Ihren Kopf haben wir bis heute nicht gefunden – und den Täter ebenfalls nicht."

„Haben Sie ihn?", waren stets die ersten Worte, die Marianne Rößler zur Begrüßung an Lukas Wagner richtete. Der sonst so selbstbewusst auftretende Kommissar kollidierte regelmäßig mit seinem Stolz. Dass sie noch keinen Ermittlungserfolg vorbringen konnten, beschämte ihn nicht nur, er fühlte sich fast persönlich verantwortlich. Er wollte der zermürbenden Wartezeit, dem Leiden der Mutter endlich ein Ende setzen, damit sie abschließen und irgendwann ihren Frieden wiederfinden kann. Sie war gezeichnet von ihrem Schmerz, dem Verlust ihrer ältesten Tochter. Lotte war gerade sechzehn geworden und seit ein paar Monaten mit ihrem ersten Freund zusammen, dem drei Jahre älteren Michael Lange. Der

Sohn eines Metzgers sollte eines Tages das gewinnbringende Familiengeschäft in dritter Generation übernehmen. Micha beeindruckte die Mädels nicht nur mit seinem möglichen Erbe und der Aussicht, bald ein wohlhabender, honoriger Geschäftsmann mit einem florierenden Partyservice zu werden. Nein, auch mit seinem markanten Äußeren, seiner leicht arrogant wirkenden, unnahbaren Art – und dem BMW, den er von seinen Eltern zur Volljährigkeit geschenkt bekommen hatte. Er war genauso aufpoliert wie sein Besitzer. Aber Lotte glaubte an Liebe, und daran, dass sie die Einzige für ihren Angebeteten war. Sie wirkte beschwingt und sorgenfrei, wenn er sie abholte, um gemeinsam durch die Gegend zu fahren. Ihre Mutter verstand das nicht. Ihre Begeisterung für diese Verbindung hielt sich, gelinde gesagt, in Grenzen. Trotz ihres Unmuts freute sie sich für Lotte. Ihre Mädchen glücklich zu sehen, erfüllte sie. Das war alles, was Marianne je gewollt hatte. Sie schluckte ihre Bedenken, bevor sie zu ausgesprochenen Worten wurden, und lächelte. Lotte spürte zwar die Abneigung ihrer Mutter Micha gegenüber, solange sie ihm aber ihre Gastfreundschaft nicht verwehrte oder gar die Beziehung verbot, gab sie sich mit der guten Miene zufrieden und küsste grinsend die Wange ihrer geliebten Mutti, quasi als Belohnung. Den Anschein machte es zumindest immer auf Laura, ihre jüngere Schwester.

Eines Abends wachte die Zehnjährige auf und ging in die Küche, um sich etwas zu trinken zu holen. Ihre Mutter stand am Fenster und wartete darauf, dass Lotte nach Hause kam. Das tat sie stets. Erst dann ging sie selbst zu Bett. Marianne wollte ihre Mädchen immer wohlbehalten wissen, so wie fürsorgliche Mütter eben sind.

„Mutti, warum bist Du noch auf?"

„Ich warte auf Lotte." Marianne deutete mit einer Kopfbewegung Richtung Straße. „Da vorn hält Michas Auto, aber sie ist noch nicht ausgestiegen. - Warum schläfst Du denn nicht, mein Schatz?"

„Ich habe Durst."

„Möchtest Du ein Glas warme Milch? Komm, ich mache das schnell für Dich. Aber dann gehst Du ab ins Bett, okay?"

„Du machst Dir Sorgen, oder Mami?"

„Ach Laura, das machen Mütter doch immer.", wiegelte Marianne die Reflexion ihrer Jüngsten ab — vermutlich auch, um sich selbst zu beruhigen. Nachdem Laura ihre Milch ausgetrunken hatte und in ihr Zimmer zurückgegangen war, beobachtete ihre Mutter durch das Küchenfenster, wie Lotte endlich aus Michas Wagen ausstieg und den kurzen Weg von der Straße zur elterlichen Haustür nahm. Mit einem Lächeln huschte Marianne ins Schlafzimmer, wo ihr Mann schon selig schnarchte, und kuschelte sich neben ihn. Ihre Große sollte sie schließlich nicht für eine ängstliche Glucke halten. Doch Lotte kam nie zu Hause an ...

- - -

Da war sie wieder. Weitere zwölf Monate waren vergangen. Er wusste, dass er sie hier wiedersehen würde. Seit nunmehr fünfzehn Jahren kam sie jedes Jahr an diesem Tag hierher. Dieser schicksalhafte Spätsommertag, an dem ihre Schwester nicht mehr nach Hause kam.

Sie sah so friedlich aus, fast befreit, als hätte sie sich endlich mit dem Leben und vor allem mit dem Tod versöhnt. Fraglos förderte ihr Studium auch ein wenig diese positive Mentalität. Gerade hatte sie eine äußerst begehrte Assistenzarztstelle in einem renommierten Krankenhaus angetreten. Wie schön sie war – immer noch. Heute trug sie ihre langen braunen Haare aus dem Gesicht gebunden und war sogar farbig gekleidet, nicht mehr in tristem Schwarz oder Grau, wie sie es sonst in ihrer Freizeit vorzog. Wie immer legte sie einen bunten Blumenstrauß ab. Während sie davor kniete, küsste sie die Grabplatte ihrer Schwester, die seit einem Jahr nun auch die ihrer Mutter war. Es war beinahe ein Ritual.

Lukas Wagner sah ihr stets dabei zu. Vielleicht hatte er schlicht Mitleid mit dem jungen Mädchen, das inzwischen zu einer hübschen Frau herangewachsen war. Vielleicht war es aber vielmehr sein schlechtes Gewissen, das ihn immer wieder hierher trieb. Als eine Art Wiedergutmachung, Buße, Anteilnahme oder ähnlich gelagerte

Ausrede, weil er die mysteriösen Umstände des Mordes an ihrer Schwester seinerzeit nicht hatte aufklären können. Er fühlte sich, als klebte das Blut ihrer Familie an seinen Händen, als wäre er verantwortlich für das Leid, das ihre Mutter letztlich in den Tod trieb, der vierzehn lange Jahre dauerte. Sie verkraftete den Verlust ihres Kindes nicht, schon gar nicht die grauenvollen Details. Niemand sollte je diesen unbeschreiblichen Schmerz erfahren müssen – weder durch Krankheit noch durch einen Unfall, aber erst recht nicht auf diese bestialische Art und Weise, für die es weder eine Erklärung noch Rechtfertigung oder gerechte Strafe geben kann. Lauras Mutter ertrug Lottes Schicksal nicht, aber noch viel weniger, dass keinem Verdächtigen ausreichend Indizien für dessen Schuld nachgewiesen werden konnten. Täglich hoffte sie darauf, dass das Telefon klingelte und zuckte zusammen, wenn es an der Haustür klopfte. Sie wachte Stunden am Fenster, um die Menschen zu beobachten, die sich um den Häuserblock bewegten. Vielleicht hatte jemand etwas gesehen? Vielleicht würde der Täter gar zum Ort seines Vergehens zurückkehren? Vielleicht hatte er noch eine Trophäe irgendwo in der Nähe vergraben, wo die Beamten der Spurensicherung vergessen hatten nachzuschauen ...
Jeden Tag wurde sie aufs Neue enttäuscht. Man sah es in Mariannes Augen, täglich starb sie ein wenig mehr – aus Kummer. Sie starb, lange bevor ihr Herz tatsächlich aufhörte zu schlagen. Sie

wurde immer schwächer, ihre Kraft versagte. Lebenslust verspürte sie seit jenem Tag im September sowieso nicht mehr. Auch sämtliche Versuche ihrer zweiten Tochter, die Mutter an das Leben zu erinnern, daran, dass es sie, Laura, auch noch gab, scheiterten mit einem Kopfstreicheln. Zu mehr war sie nicht in der Lage. Kein Lächeln, keine Ausflüge. Freiheiten, wie ein Treffen mit Freundinnen nach Schulschluss, waren ohnehin Tabu. Lotte kam nicht mehr nach Hause und Laura durfte es fortan nicht verlassen.

„Herr Wagner! Schön, Sie hier zu treffen.“
„Ist es das, Laura? Auf dem Friedhof, an diesem Tag?“
„Es freut mich, dass Sie uns nicht vergessen haben. Wissen Sie, es lässt mich hoffen, dass Sie den Täter irgendwann doch noch finden – oder den Kopf meiner Schwester!“
Sie sagte es mit einem leicht bissigen Unterton. Lukas verstand ihre Verbitterung, schließlich litt er selbst darunter, dass dieser Fall unaufgeklärt und vor allem ungesühnt blieb.
„Dieses Mädchen ... Sie wissen schon ... das neulich verschwand. Ich habe ihr Foto in den Nachrichten gesehen. Wie hieß sie gleich? Emma. Sie sah Lotte sehr ähnlich, finden Sie nicht?“
„Das kann schon sein.“
„Glauben Sie, dass das ein Zufall ist, Herr Kommissar?“

„Was wollen Sie damit andeuten, Laura? Dass es der gleiche Täter sein könnte? Fünfzehn Jahre später?"

„Wäre das so ungewöhnlich? Micha ist jetzt 34. Nicht zu alt, um sich ein junges Ding zu schnappen und zu überwältigen."

„Sie glauben also immer noch, dass es Lottes Freund gewesen ist."

„Das passte doch absolut. Es hieß, es sei ein an abartiger Gefühlskälte nicht zu übertreffendes Verbrechen gewesen."

„Ja, es stimmt schon, ein paar Anhaltspunkte haben damals auf ihn hingewiesen, so dass er zeitweilig sogar dringend tatverdächtig gewesen ist. Aber nachweisen konnten wir ihm nichts, denn letztlich waren die Hinweise zu dünn."

„Aber die forensischen Untersuchungsmöglichkeiten sind doch heute ganz andere. Bitte schauen Sie doch noch einmal gründlich nach. Vielleicht ähneln sich die Wunden in den Rändern, der Art der Schnittführung oder der benutzten Instrumente. Bitte, Herr Wagner. Es kann doch nicht sein, dass er einfach so weiterleben und damit durchkommen kann. Meine Schwester wäre heute 31. Sie hat beinahe die Hälfte davon nicht erleben dürfen, während dieser Typ immer älter wird, seiner Arbeit nachgehen und eine Familie gründen kann. Alles Dinge, die meiner Schwester verwehrt blieben."

„Ich verstehe Sie nur zu gut, Laura. Wir möchten den Fall schließlich auch aufklären und werden die beiden Tathergänge ohnehin routinemäßig miteinander vergleichen. Aber versprechen Sie sich nicht allzu viel davon."

Am nächsten Tag wollten die beiden Ermittler den ehemaligen Lebenspartner von Frau Sanders noch einmal aufsuchen, um ihn erneut zum Ablauf des Abends, an dem Emma verschwand, zu befragen. Vielleicht erinnerte er sich ja doch noch an ein Detail, das er bislang vergessen hatte oder als unbedeutend befand. Die vorherigen Male war Krüger stets mit einer Kollegin vor Ort. Als die Tür geöffnet wurde, traute Lukas Wagner seinen Augen nicht. Vor ihm stand Michael Lange, Lotte Rößlers damaliger Freund. Das konnte kein Zufall sein ...
„Wir kennen uns doch, Herr Lange!"
„Guten Tag Herr Wagner! Eigentlich hatte ich gehofft, Sie nie wiederzusehen. Sie haben mir das Leben ganz schön schwer gemacht. Dabei war ich unschuldig. Obwohl ich mich eigentlich bei Ihnen bedanken sollte, denn dadurch bin ich heute deutlich gelassener als früher."
„Gelassener, ja? Dann waren sie demnach was ... jähzornig, aufbrausend, leicht in Rage zu versetzen? Wer weiß, wahrscheinlich haben Sie sich all die Jahre nur so ruhig verhalten, um nicht aufzufallen. Sie wiesen nämlich nicht nur den Charakter für ein derartiges Delikt auf, Sie hatten auch die Mittel ... - Sagen Sie, warum steht hier an der

Klingel und in den Akten eigentlich Andreas Lohse?"

„Ganz einfach, dank Ihnen musste ich meinen Namen ändern. Michael Lange ... so wurde ich schon Jahre nicht mehr genannt."

„Ach, deshalb hatte ich keine Ahnung, dass Sie mit Emma Sanders in Verbindung stehen ..."

„Was macht das für einen Unterschied? Emma war ein liebes Mädchen und wie eine Tochter für mich. Mit dem neuen Namen konnte ich hier auf dem Land ein neues Leben beginnen."

„Na, das freut mich aber. Nur schade, dass Lotte das nicht mehr erleben durfte."

„Damit hatte ich nichts zu tun. Nicht mal trauern konnte ich um meine Freundin, weil alle glaubten, ich hätte sie umgebracht."

„Aus diesem Grund hat sich wohl auch Emmas Mutter so plötzlich von Ihnen getrennt, weil sie etwas über Ihre Vergangenheit herausgefunden hatte."

„Von wegen herausgefunden! Eines Tages flatterte ein Brief ohne Absender ins Haus, der Dokumente meiner früheren Identität und Zeitungsausschnitte beinhaltete."

„Wissen Sie, wo das herkam?"

„Das war anonym, habe ich doch schon gesagt."

„Nicht gleich aggressiv werden, Herr Lange! Na schön, da Frau Sanders nun über Sie Bescheid wusste und sich von Ihnen trennte, waren sie gekränkt und wütend. Da haben wir ein maßgeschneidertes Motiv: Sie wollten es ihr heimzahlen!"

„Ja ... nein, natürlich nicht. Okay, ich war verletzt, ja! Aber eher enttäuscht und traurig statt rachsüchtig. Ich hätte meiner Ziehtochter kein Haar krümmen können, schon gar nicht so sadistisch. Aber da sich die beiden Taten auffallend ähneln und ich beide Opfer kannte, bin ich es selbstverständlich gewesen, nicht wahr?!"

„Ist das ein Geständnis, Herr Lange?"

„Nein, purer Sarkasmus! Ich habe weder mit dem einen noch mit dem anderen Mord etwas zu tun."

„Wir werden sehen. Haben Sie denn dieses Mal ein stichhaltiges Alibi, das Sie entlasten könnte? Ansonsten möchte ich Sie um eine freiwillige Speichelprobe für den DNS-Abgleich bitten. Sollte sich der Verdacht gegen Sie erhärten, nehmen wir im weiteren Ermittlungsverfahren außerdem Ihre Fingerabdrücke erkennungsdienstlich auf. Wenn Sie sich weigern, macht Sie das nicht nur noch verdächtiger, wir holen uns dann auch einen entsprechenden Beschluss."

„Kein Problem. Sagen Sie, was Sie von mir brauchen und Sie bekommen es. Ich habe nichts getan und somit auch nichts zu verbergen, obwohl ich an dem Abend allein zu Hause gewesen bin und das leider niemand bestätigen kann."

„Das gibt es doch nicht! Schau mal hier, Lukas. Ich komme gerade aus dem Labor. Es wurde tatsächlich etwas entdeckt. Wir haben jetzt nicht nur genetisch verwertbare Spuren an Emma gefunden, die wir Michael Lange alias Andreas Lohse zuordnen können ..."

„Na ja, das ist ja eigentlich auch kein Wunder, immerhin hat sie bei ihm gewohnt. Er ist also leider tatortberechtigt."

„Aber dieses Material wurde an einem ihrer abgetrennten Beine sichergestellt, im bereits nekrotischen Gewebe. Das muss postmortal passiert sein."

„Eindeutig, kein Zweifel?"

„Das ist so eindeutig, wie nur irgendwas. Alle zwölf anatomischen Merkmale stimmen überein. Außerdem wurden offenbar die gleichen Gerätschaften für die Zerlegung der beiden Opfer benutzt. Die Wundränder sind identisch, wie Laura Rößler bereits vermutet hatte."

„Endlich. Endlich haben wir ihn, Felix! Ich werde sofort den Haftbefehl erwirken. Hoffentlich führt er uns auch noch zu den fehlenden Körperteilen der Mädchen, damit ihre Angehörigen dieses dunkle Kapitel abschließen können, wenn auch niemals vergessen."

„Soll ich Frau Sanders und Frau Rößler benachrichtigen?"

„Nein, diese gute Nachricht möchte ich lieber persönlich überbringen."

„Das sind ja wunderbare Neuigkeiten, Herr Wagner! Habe ich Ihnen nicht gesagt, Sie sollen die beiden Fälle noch mal vergleichen?"

„Nicht nur das. Sie hatten sogar Recht, was die Schnittführung und Werkzeuge betrifft.
Moment ... das ist allerdings ein wenig merkwürdig. Laura ... woher ...?"
„Das war doch klar! Ich habe schon immer gewusst, dass er es war. Es konnte nur dieser Schlachterssohn gewesen sein. An jenem Abend saßen sie im Auto und stritten vermutlich, vielleicht wollte Lotte sich trennen. Die Situation eskalierte. Dann folgte er ihr unbemerkt ..."
"Sie waren doch noch ein Kind. Wie hätten Sie da die komplexen Zusammenhänge erkennen können?"
"Kinder denken nicht kompliziert, nicht um Ecken, und ohne Hintergedanken. Sie machen sich keine Sorgen um die Zukunft, denn die ist selbstverständlich. Nur das Hier und Jetzt zählt. Da war es absolut eindeutig, es lag glasklar auf der Hand, dass Michas gekränkte Eitelkeit ihn zu einem Mörder machte – dem Mörder meiner Schwester. Seinetwegen litt meine Mutter unendlich. Ihm hatte ich all die Verbote zu verdanken, die aus Angst ausgesprochen wurden, mich ebenfalls zu verlieren. Meine Schwester ist tot. Bis heute ist nicht geklärt, wo er ihren Kopf vergraben hat. Wie grausam ist das, bitte?! Um ihn zu überführen, fehlten bislang hinreichende Beweise, und mit seiner Unschuldsmiene spielte er allen das unter falschen Verdächtigungen leidende, lammfromme Hascherl vor. Mir konnte er allerdings nie etwas vormachen. Sein Spiel habe ich

schon lange durchschaut. Deswegen war ich in der Lage, hinter seine Maske zu gucken, besser noch: in seinen Schuhen zu gehen. Nun hat er bekommen, was er verdient ... Dafür habe ich gesorgt. Meiner Familie wurde so am Ende Gerechtigkeit zuteil – und mir auch."

Als ich eine Schneeflocke war

Schon als kleines Eiskristall träumte ich davon, auf die eine große Reise zu gehen. Denn da, wo ich herkomme, werden seit jeher fantastische Geschichten erzählt. Man werde tanzen, hüpfen, umherwirbeln ... wie der Inbegriff an Euphorie. Man müsse sich jedoch mit Anderen verbinden, wolle man wachsen. Dann ändere man obendrein seine Farbe von durchsichtig zu weiß, heißt es. Nach der Landung bedecke man alles und jeden. Der eingehüllte Landstrich wirke dann so, als sei Milch oder zuweilen gar Frischkäse ausgekippt worden. Den Menschen bringe man Vergnügen, Entzücken, Labsal, sei ihnen eine Augenweide. Größtenteils zumindest. Gut, den Kleinen ganz sicher. Sie spielen mit uns, formen uns zu Bällen und Schneemännern oder rodeln auf unseren Rücken die Hügel hinab. Manchmal naschen sie sogar von uns, obwohl wir kalt und nass sind – und vergänglich. Wir schmelzen in ihrer Nähe, ihre Wärme ist unser Untergang.

Das soll es aber wert sein, vertraue man den Legenden. So falle die Begrüßung stets jubelnd aus, die Arme und Gesichter freudestrahlend gen Himmel gestreckt. Tatsächlich treffen wir aber auf geschützte, zu Boden geneigte Köpfe mit vergrämter Mimik. Sie schippen uns von Gehwegen, kratzen uns von ihren Vehikeln und behaupten dennoch, wie romantisch es mit uns sei.

Gerührt und doch verwirrt über diese Gegensätze, möchte ich mir nun mein eigenes Urteil bilden und setze meine Expedition neben vielen anderen Flocken fort. Der Ritt auf dem rauen Dezemberwind macht es uns leicht. Eine Weile schweben wir in der Atmosphäre und betrachten alles von oben. Die Lichter der Stadt blinzeln durch unsere nebulösen Tänze hindurch.

In diese malerische Szene schiebt sich das Bild eines alten Mannes, der laut meiner Ahnen seit Jahren die gleiche Bank bewohnt. Im Sommer falle er nicht besonders auf. Doch jetzt, inmitten dieser kalten Winterfarbe, ist sein schäbiger Mantel besonders markant. Tag für Tag sehen wir unzählige Menschen vorbeigehen. Keiner bleibt stehen. Niemand interessiert sich für ihn, den Mann mit den traurigen Augen, in Falten eingebettet. Die weisen Worte, die zwischen den tiefen Furchen seines aschfahlen Gesichts herausdringen, ersticken in seinem lang gewachsenen, krausen Graubart, bleiben ungehört. Zum Wohlgefallen der vorbei eilenden Passanten. Schließlich sind es doch nur betrunkene Sätze, die eher Angst einflößen, als dass man ihnen zuhören möchte.

Ich entschließe mich, es anders zu machen und ihm ein paar Minuten meiner kostbaren Zeit zu widmen. So segle ich um ihn herum und lausche dem warmen Klang seiner sonoren Stimme. Es scheint, als spreche er direkt mit mir: „Der Herbst hat sich zur Ruh gelegt, der Frühling schläft noch unter Deinem Kleid. Fast wie im Geheimen: Winter, diese leise Zeit. Einzig lautes Kratzen, wenn der Nachbar fegt. Kristalle tanzen in der Luft, still, ganz still, ja fast schon dumpf. Als wär ein jeder Schall verschluckt, nur das Knarzen auf den Wegen lässt Schritt um Schritt wie Leder klingen. Baumwollknospen reifen wohl an Bäumen. Dort am Wegesrand, der einst voll sattem Grün, liegt nun ein Schnee-Engel verlassen. Alles glänzt in purem Weiß, hier und da ein wenig grau. Dächer, wie verschmolzen mit den Wolken. Momente, eingefroren – unter Eiszapfen, die wie Kronleuchter lodern. Dereinst im Schnee gestöbert: fröhliche Kinder ..."

An die bangen, abschätzigen oder angeekelten Blicke hat er sich mittlerweile gewöhnt, schlimmer sind die, die ihn absichtlich nicht sehen ...
Aus welchem Grund schaut niemand hin? Warum hört keiner seine Poesie? Ich male mir aus, wie er wohl nach einem heißen Schaumbad im roten Mantel mit entsprechender Mütze aussehe; wie Mütter ihre Kinder zu ihm schicken, damit er ihnen Geschichten erzählen und sie nach ihren Wünschen fragen kann, während die kleinen Racker glückselig auf seinen Knien sitzen. In der realen Welt werden sie eher auf die andere Straßenseite gezerrt.

Allmählich spüre ich, wie meine Dynamik abflaut und ich zu taumeln beginne. Mein Ausflug wird bald enden, der Wind kann mich kaum noch tra-

gen. Doch ich bemühe mich, so lange wie möglich in der Luft zu bleiben, um einen besonderen
Platz für meinen Lebensabend zu finden. Dort,
auf seiner Nase ... hier lasse ich mich nieder und
leiste dem alten, einsamen Mann noch ein paar
Sekunden Gesellschaft, bevor gleich meine Zeit
mit mir verrinnt – und ich bilde mir ein, ihn für
einen kurzen Moment lächeln zu sehen.

Er verweilt auf seiner Bank in der schmuddeligen
Kleidung und dem ungepflegten Bart, während er
leise von seinen Erfahrungen und den Beobach-
tungen erzählt, die das Leben vor seinen Augen
abspielt. Er sitzt dort 364 Tage und Nächte im
Jahr. Nur an Heilig Abend sieht man ihn nicht ...

*(Dezemberschnee, Sternenblick, 2016,
S. 86-89, ISBN 978-3743114876)*

Hallo, Frau Nachbarin!

Endlich ist es soweit. Lange habe ich auf diesen Tag hingearbeitet. Sogar meine Wohnung ist präpariert, insbesondere das Gästezimmer. Schön eingerichtet ist es nun, dem Zweck entsprechend. Die Wände sind eigens mit Akustikdämmplatten neu verkleidet und mit einer modernen Latexfarbe gestrichen. Das kräftige Rot schafft eine warme Atmosphäre. Mit je einer Querstange am Kopf- und am Fußende trägt das stabile Bettgestell eine feste Federkernmatratze, die mit einem wasserdichten Spannbettlaken bezogen ist. Anthrazitfarbene Seide umhüllt das luftige Deckbett. Zur warmen Jahreszeit braucht man das zwar kaum, aber es schläft sich doch angenehmer. Mein Gast soll sich schließlich wohlfühlen. Schon bald wird sie zu mir kommen.

Sie ist jemand ganz Besonderes. Eine tolle Frau. Jung. Wie alt mag sie sein, fünfundzwanzig? Egal, ich bin mindestens doppelt so alt. Bildhübsch, ja, das ist sie, außergewöhnlich attraktiv, obendrein sogar klug. Das weiß ich genau. Immerhin beobachte ich sie seit Monaten. Ich kenne ihre Gewohnheiten, weiß, wann sie zur Arbeit geht und wann sie wieder nach Hause kommt. Ich sehe sie jeden Tag. Stets allein. Sie flaniert absichtlich an meinem Küchenfenster vorbei, damit ich sie sehen kann. Ihren Gang hat sie für mich geprobt. Diese exotische Raffinesse, mit der sie ihren Hintern schwingt.

Sie verspätet sich nie. Sie weiß, dass ich auf sie warte, hier, hinter meiner Gardine. Nur manchmal lässt sie mich etwas schmoren. Dann schleppt sie vollgepackte Einkaufstüten in ihre Wohnung. Widerwillig nehme ich das als Entschuldigung für ihre Unpünktlichkeit an. Zumal ich die Besorgungen für sie erledigen könnte. Vielleicht biete ich ihr das bei Gelegenheit mal an. Zu meinem Bedauern bin ich sehr zurückhaltend im Umgang mit Frauen. Im Grunde mit Menschen generell. Meistens bleibe ich für mich. Man beschreibt mich als Eigenbrötler. Distanziert, aber harmlos.

Wie gern würde ich meiner Angebeteten abends entgegengehen und mich offen vorstellen. „Hallo, Frau Nachbarin! Ich bin Karl. Darf ich Dich auf einen Kaffee einladen?" Allerdings ist sie viel zu schön, um sie einfach so anzumachen. Das würde ihr nicht gerecht werden. Eine so wunderbare Grazie braucht eine unvergessliche Geste. Etwas Ausgefallenes, das noch nie da gewesen ist. Auf Händen soll sie getragen werden.

Einige Male bin ich bereits auf halbem Wege gewesen, jedes Mal stumm den Moment verpassend. Kein Blick. Kein Wort. Nur ihr Duft. Sie schwebt mit ihm an mir vorüber. Mit ihrem betörenden Aroma am Ende eines stressigen Arbeitstages.

Seit einer knappen Woche hat sie Urlaub. Das merke ich. Die Geräusche dringen nicht zur üblichen Uhrzeit durchs Gemäuer. Außerdem geht sie nicht mehr an meinem Fenster vorbei.

Es ist ein schöner Sommer. Warm, sonnig, fast tropisch. Ich weiß, dass sie das Wetter auf dem Balkon genießt. Wir teilen uns einen, der lediglich durch eine Trennwand unterbrochen wird. Diese schließt nicht völlig blickdicht ab. Die obere Hälfte besteht aus einer Crash Glasscheibe, die untere aus dunklem Kunststoff. Zu allen Seiten wurde ein guter Zentimeter Platz gelassen. Das hat sie wieder strategisch gut eingefädelt. So kann ich trotz der Barriere mehr als den Schatten ihrer wohlgeformten Silhouette erahnen.

Sie wohnt im Eingang nebenan. Deswegen kennen wir unsere Namen nicht. Das Unbekannte macht es noch aufregender, irgendwie mysteriös. Wir teilen die Faszination für das Unerreichbare. Das ist offensichtlich. Und den Balkon … den teilen wir uns auch. Ich nutze meinen ausschließlich, wenn sie da ist. Zur gleichen Zeit, bloß jenseits des Raumteilers. Sonnt sie sich auf ihrem Teil der hängenden Veranda, ist sie mir so nah als spürte ich sie längst. Zumindest höre ich sie. Ich höre ihr zu. Wie sie atmet. Wenn sie sich bewegt. Ich weiß, dass sie mich ebenfalls wahrnimmt. Mitunter wechsle ich meine Position bewusst um fünf Dezibel lauter, einzig, damit sie es mir gleichtut. Wie mein Echo. Als bewegten wir uns gemeinsam. Unser ganz privates Perpetuum mobile.

Ich weiß, dass sie aufgeregt ist. Sie wünscht sich, dass ich um die Ecke schaue, an der Trennwand vorbei. Ich spiele Katz und Maus mit ihr. Eine Weile nur. Sie muss lernen, geduldig zu sein. Noch soll sie nicht bekommen, wonach sie sich sehnt. Sie ist nackt. Auch das weiß ich. Ein Glücksfall, dass mir das Internet neulich einen Inspektionsspiegel mit Teleskopstiel aufgeschwatzt hat. Sein rechteckiger Kopf ist gerade groß genug, um meine Liebste in voller Pracht bewundern zu können, selbst jedoch nicht gesehen zu werden. Der Kauf macht sich seither täglich bezahlt. Durch die untere Lücke des Geländers habe ich einen perfekten Blick auf meine unverhüllte Schönheit. Ich erkenne beinahe jede Pore, die dezente, vom sanften Wind hinterlassene Gänsehaut, folge dem Verlauf der Schweißperlen, die über ihre gebräunte Haut rinnen. Wären es doch meine Hände ...
Ich rutsche etwas näher heran, als könnte ich sie schon berühren. Das Rascheln meiner Begeisterung lässt sie erschrocken ihre Weiblichkeit schützen. Ihr türkisgrüner Blick sucht mich, doch ich bleibe unentdeckt. Ich grinse in mich hinein. Wie süß sie ist. Als ob sie nicht wüsste, dass ich sie beobachte. Dabei rekelt sie sich extra für mich so schön, möchte mir gefallen. Könnte ich ihr bloß sagen, wie sehr ich sie tatsächlich begehre.

Meine Auserwählte. Ich muss sie haben, kann nicht länger warten. Sie aber auch nicht. Das sehe ich ihr an. Sie wird richtig zappelig. Winde Dich nur, meine kleine Wildkatze! Ihre Unruhe dreht sie aus der entspannten Rückenlage, von der linken auf die rechte Seite, um gleich wieder bäuchlings auf ihrem Handtuch zu liegen. Dabei wirft sie ihre zum Pferdeschwanz hochgebundenen, brünetten Haare hin und her. Sie macht mich verrückt. Das ist ihre Masche. Ihre Füße streckt sie mir entgegen. Vor meinen Augen erhebt sich ihr bloßer Po. Welch ein appetitliches Panorama. Ihre Verführungskünste hat sie gut geübt. Sie hofft, dass ich mich offenbare, sie anspreche. Sie wartet nur darauf. Jetzt kann ich meinen Plan umsetzen. Endlich. Ich bin gerüstet. Meine Wohnung auch. Alles werde ich für diese Göttin tun.

Schnell, das Eis! Ich klopfe geradewegs an die dünne Scheibe, die uns voneinander trennt, und reiche es ihr blind, halte lediglich meine Hand hin. Eine kleine Nascherei als willkommene Abkühlung, direkt aus dem Gefrierschrank. Einzeln verpackt. Da wird sie keinen Verdacht schöpfen. Warum auch? Immerhin ist es eingeschweißt. Den Einstich in der Folie bemerkt sie nicht. Hoffentlich wirkt es rasch. Dann kann ich meine Prinzessin in ihr rotes Märchenschloss tragen.
Sie fühlt sich sicher. Sie ahnt nicht, dass ich die Verbindungsbolzen während ihrer Abwesenheit

manipuliert habe. Ich hole sie. Die vier Fesseln habe ich bereits am Bett angebracht.

Seit gestern hat sie mich hier fixiert ... es wird wieder Zeit für meine Medikamente.

Beruf-ung: Lebensstylistin

Mütter! Diese besondere Spezies: großartige, einfühlsame Wesen, die offenbar wenig Schlaf benötigen und sich stattdessen durch einen leichten Hang zur selbstlosen Hingabe auszeichnen. Auf liebevoller Basis vereinen sie über mehrere Jahrzehnte hinweg multiple Persönlichkeiten; sind sie doch Amme, Gastronomin, Krankenschwester, Animateurin, Schutzschildträgerin, Dompteurin, Krisenmanagerin, Zeitjongleurin, Spontaneitätsakrobatin, Geduldspielerin, Frisur- und Nageldesignerin, Beichtvater, Anwältin, „Waschweib", Enzyklopädin, Lehrerin und Beraterin in allen wichtigen (Mode-)Fragen, quasi unsere Lebensstylistin im ehrenamtlichen 24-Stunden-Dienst ohne Urlaub oder Arbeitsunfähigkeitsbescheinigung.

(Nebenberuflich ausgeübte Lohntätigkeiten dienen offenbar nur dem Ausgleich.)

Sie sind Alltagsheldinnen, der sprichwörtliche Fels in der Brandung. Selbst wenn sie sich emotional hin und wieder in einer wackelpuddingähnlichen Konsistenz wähnen, kleben sie noch Trostpflaster – nicht nur auf die kleinen Schürfwunden am Knie. Darin sind sie so perfekt, dass man sich bei leichten oder dramatischen Wehwehchen auch in fortgeschrittenem Alter noch gelegentlich in Mamas heilende Hände zurückwünscht.

Etwas schwieriger wird die harmonische Nähe lediglich während der Pubertät – also der Zeit, in der die Eltern anfangen, seltsam zu sein. Glücklicherweise dauert diese Phase nicht allzu lange an, so dass die mitunter anstrengend explosive Mutter irgendwann zur Freundin metamorphieren kann. Eine verständnisvolle, erfahrene Vertraute, auf die man sich immer verlassen kann, die immer da ist, ohne die es kein Leben gäbe.

Muttinchen, wie ich sie nenne, bin ich für so vieles dankbar; für ihre Liebe, Wärme und Fürsorge natürlich. Dafür, dass sie so ist, wie sie ist: eine tolle Frau, ein absoluter Herzensmensch mit charmanten Ecken und Kanten. Besonders jedoch für ihren Kampfgeist und starken Willen, mit dem sie uns beide wohlbehalten durch ihre notwendige Blinddarm-Operation brachte, während ich gerade mal 16 Wochen unter ihrem Herzen lebte. Unvorstellbar, welche Ängste sie ausgestanden haben muss ...

Als die Vierjährige später neugierig nach der Herkunft der Babys fragte, daraufhin behutsam, aber ehrlich aufgeklärt wurde und bei einem Stadtbummel mit lautstarkem Kindermund unbedarft an Muttis Rockzipfel zupfte: „Duuu Mamaaa, hat der Mann da auch 'nen Penis?", rettete sich die Befragte trotz der peinlich berührten Röte auf ihren fast noch jugendlichen Wangen mit einem Lächeln und bravourösem „Ja, ich glaube schon" vor dem schelmischen Grinsen des Entgegenkommenden. Was heute eine lustige Anekdote ist, hätte ihr damals eigentlich eine Tapferkeitsmedaille einbringen müssen.

Für das Meistern solcher und anderer Situationen sowie für ungezählte kleine, große Taten und Gaben sollte ich, sollten wir alle unseren einzigartigen Wegbegleiterinnen öfter zeigen, wie schön es ist, dass es sie gibt – nicht nur einmal im Jahr, wenn das Kalenderblatt auf den zweiten Mai-Sonntag wechselt.

(Christoph-Maria Liegener: 1. Bubenreuther Literaturwettbewerb 2015, tredition, 2015, S. 349-350, ISBN 978-3732366811)

Morbus Liebe?

Alle sind auf der Suche nach ihr, wenige haben sie bereits gefunden, manch einen wird sie nie treffen. Einige erklären ihre Freizeitbeschäftigungen, Städte, Musik oder andere Dinge hierzu.

Was ist das also, die große Liebe? Eine chemische Reaktion, munkelt man. Wenn die Blutzellen über die Aortenklappe in den Kreislauf geschickt werden, tanzen sie langsamen Walzer durch den Körper und beim Wiedereintritt in den Vorhof vermutlich Samba. Oder ist der erste Tanz nur Interesse und der zweite Leidenschaft? Ist es die große Liebe, wenn man beides in einen Mixer gibt und zwei Minuten auf maximaler Stufe gut durchmischt? Findet zwischenzeitlich kein vollständiger Gasaustausch in den Alveolen unserer Lungen statt, so dass die verliebten Venen nur sauerstoffarmes Blut führen?

Ich glaube, die große Liebe verwandelt unsere Zellen in eine Horde wild tobender Vorschulkinder. Sie hören nicht, sehen statt Gefahr nur eine bunte Welt, und Angst vor der Zukunft ist ihnen gänzlich fremd.

Worin liegt nun der Unterschied begründet? Wann ist eine Liebe die große, die *EINE*?

Angela – eine Freundin – misst es an der Dauer einer Beziehung. Wenn man beobachtet, wie häufig die Leidenschaft im Alltag erlischt, in der täglichen Routine untergeht, die Anwesenheit des

Partners Gewohnheit wird und der Fortbestand dieser Allianz reine Vernunft ist, können Jahre oder mehrere Dekaden keine Bemessungsgrundlage sein.

Ich will nicht bestreiten, dass es dennoch eine Form von Liebe ist oder wenigstens ein besonderes Verbundenheitsgefühl, welches nur diese beiden Menschen miteinander teilen. Die große Liebe jedoch bleibt ein Leben lang ein Teil von uns, sogar wenn sich der gemeinsame Weg in unterschiedliche Richtungen gabelt. Liebe hört nicht einfach auf. Möglicherweise ändert sie manchmal ihre Gestalt.

Was man darunter versteht oder an welchen Akkusativ man bei diesem geflügelten Wort denkt, ist wohl rein subjektiv. Keinesfalls ist meine Aussage oder gar Überzeugung, dass jede konstante Partnerschaft nur als Automatismus besteht. Die große Liebe lässt sich jedoch nicht zwangsläufig an der Dauer einer Beziehung ablesen.

Folglich widerlegt sich die These langjährige Beziehung = große Liebe.

Claudia – vertraute Kollegin – wiegt die Differenz von Liebe zur großen Liebe daran, was der Partner bereit ist für uns zu tun, ob er hinter uns steht und den Rücken stärkt, uns trägt. Aber verwechseln wir Liebe dann nicht mit Dankbarkeit? Liebe fragt nicht, sie bittet und erwartet nicht, schon gar nicht Gegenliebe. Liebe gibt. Liebe schenkt. Liebe ist bedingungslos.

Sich zu verlieben ist keine bewusste Entscheidung. Wir müssen es lediglich begreifen und zulassen. Liebe erscheint uns häufig in den stillen Momenten, meist überraschend, unerwartet. Dann trifft es uns mit einem gewaltigen Schlag. Manchmal erschrickt man prompt über das, was der Kopf zuvor nicht gestattete.

Unvermittelt bemerken wir, dass es kaum einen Tag gibt – ja nicht mal eine Sekunde – an dem unsere Gedanken nicht zu unserer Liebe wandern. Nach dem Aufwachen, vorm Einschlafen, selbst in der Zeit dazwischen tiriliert der Name des Angebeteten wie ein wunderschöner Tinnitus durch unsere vormals grauen Zellen. Wir ertappen uns dabei, wie dieser kleine Ausflug uns in den hektischsten Situationen ein beruhigendes Lächeln in sämtliche Poren injiziert. Plötzlich ist alles gut und wir atmen durch. Bei genauerer Betrachtung erinnert es ein wenig an eine Nikotinsucht. Meine habe ich allerdings bereits vor geraumer Zeit überwunden. Liebe überwindet man nicht.

Sie lässt uns mit Hingabe Dinge tun, zu denen wir zuvor nicht einmal annähernd in der Lage gewesen wären. Sie lässt uns sehen, was Andere nicht erkennen können. Sie lässt uns mit all unseren Sinnen intensiv spüren, verleiht uns euphorische Energie, wie Adrenalin. Frisch verliebt ist alles aufregend, alles ist neu und anders – sogar wir selbst!

Ist es also nur dann die große Liebe, wenn dieses Gefühl, dieser unvergleichliche Zauber anhält? Marie – befreundete Lektorin – meint, es reiche aus, wenn wir es schaffen, uns immer wieder hieran zu erinnern und in dem Moment erneut zu empfinden. Doch wer legt den Zeitpunkt fest, wann eine Liebe zu *Der Großen* wird? Kann Liebe überhaupt wachsen? Oder ist sie von gleichbleibender Intensität und wird lediglich durch die verschiedenen Nebengeräusche des Miteinanders verstärkt – oder geschwächt? Bestimmen diese dann vielleicht sogar, ob wir den Geliebten auf eine höhere Stufe stellen als alle zuvor und jeden danach?

Für Gosia – meine Seelenverwandte – ist es entscheidend, welche Farbnuance die rosarote Wolke hat, auf der wir anfangs schweben oder wie schnell der Wind sie verweht. Wird jenes Himmelsgebilde größer, wenn es windstill bleibt?

Monja – Zwillingsschwester, Weggefährtin und Mutter meines Patenkindes – bestätigt Gosias Romantik und ergänzt, es komme darauf an, wie ausgeprägt die Gänsehaut ist oder wie lange sie verweilt, sobald wir unseren Schatz lächeln sehen; dass wir im Gleichklang schwingen, weil es keine schönere Melodie gibt als seine Stimme; auf die Atemlosigkeit, die beim Blick in seine Augen einsetzt und die Tatsache, dass die Welt stehenbleibt, wenn sich unsere Hände berühren. Ist dann noch der Grad der Sehnsucht ausschlaggebend oder ob diese bereits beginnt, sobald man sich verabschiedet? Oder die Anzahl der Schmetterlinge, die beim Gedanken an ein Wiedersehen mit dem Liebsten so kräftig flattern, dass beim EKG ein Warnsignal ertönt?

Wenn ein Leben nicht ausreicht, dem Anderen zu sagen, was man für ihn empfindet und jede damit verbrachte Sekunde, jedes gesagte Wort lediglich die Oberfläche der Liebe ankratzt ... Ihm alles Glück dieser Welt zu wünschen, selbst wenn man (irgendwann) keine Rolle mehr in seiner spielt ...
Ist *das* die große Liebe?

Erfährt man also die Größe der Liebe erst durch den Schmerz, wenn man sie verloren hat?

Eine plausible, medizinische Erklärung, eine mathematische Gleichung oder chemische Formel gar, existiert wohl nicht.
Denn am Ende ist es nicht logisch. Es ist Liebe ...

(Seelenfeuer, Schweitzerhaus Verlag, 2012, S. 49-52,
ISBN 978-3863320058)

Ein Name für Mr. Right

Wir alle kennen diese Traumtypen aus dem Fernsehen. Doch im Leben einer jeden Frau gab es schon mal einen McDreamy, McSteamy, McSexy oder den einen Mr. Big. Ob er nur von Weitem angehimmelt oder mehr aus der Schwärmerei wurde, ist vorerst ohne Belang. Mich beschäftigt die Frage, wie man das Objekt ihrer Begierde hierzulande nennen soll, ohne seine Identität sofort preiszugeben. Übrigens spreche ich nicht von den üblen Diminutiven wie Bärchen, Schätzchen oder Mäuschen – und McIrgendwas oder Mr. Soundso sind nicht nur bereits vergeben, es wird auch sofort ein bestimmtes Bild abgespeichert.

Der allseits bekannte Max Mustermann steht jedenfalls nicht zur Wahl. Mal abgesehen von der Ödnis dieses Platzhalters, ist er inzwischen sicherlich markenrechtlich geschützt. Herr Richtig klingt falsch. Schauen wir uns mal in der Lebensmittelabteilung um. Flüstere ich einer Freundin, dass ich „Paprika" gesehen habe, weiß sie immer noch nicht, ob ich ihn edelsüß oder rosenscharf finde. Den Auserwählten mit einem Gemüsenamen zu garnieren, ist vielleicht knackig, aber fruchtlos. Andererseits tritt der Fruchtzwerg in der Geschmacksrichtung Banane zu phallisch und Birne zu feminin auf. Der Curry-King wird von kreischenden Furien verfolgt, während Hans Wurst eindeutig zu negativ belastet ist und in keinster Weise – weder im Ganzen noch portioniert oder im zarten Saitling – die Anbetungswürdigkeit dieses einen Mannes beschreibt; gleicht er doch Adonis' Klon.

Dass der gleiche Vorname, also Hans, auch in die Luft guckt, macht die Sache nicht besser. Dann schon eher den, der im Glück ist – nicht zu verwechseln mit dem, der mit dem Wolf tanzt. Ja natürlich, ein indianischer Name könnte vielleicht aushelfen. Aber wer möchte denn einen Habenichts Möchtegern oder einen Tunichtgut Taugenichts? Fangdaslicht Haltmichfest hingegen ist nicht nur weichgespült ROsamundepilcherMANTISCH, sondern erinnert seltsamerweise auch viel zu sehr an Karel Gott. A propos Gott ... Nein, so gern wir ihn auf ein Podest stellen, *das* führte wohl zu weit. Dennoch sollte er angemessen betitelt werden, bedeutend und stark.

Heinrich der Löwe. Wenn er nicht zufällig im Tierkreiszeichen der majestätischen Katze geboren wurde, sollten wir diese Überlegung rasch ad acta legen. Es sei denn, man möchte seiner Umwelt vermitteln, dass man neuerdings einem eitlen, stolz Behaarten untertänig zu Diensten ist. Wenn er obendrein noch Krallen hat, können wir gleich Struwwelpeter verehren. Ein wenig reinlicher sollte sein Pseudonym schon strahlen.

Wie wäre es mit Meister Proper? So ein geschorenes Haupt kann durchaus sexy sein, impliziert in dem Fall jedoch eher einen Putzfimmel oder den Hang zur Adipositas. Diese kann durch verschiedenste Faktoren ausgelöst werden; durch maßlosen Hefe-Konsum beispielsweise. Ein Bier Ernst kommt daher überhaupt nicht in Frage; entweder ist er ein pummeliger Stoffel oder ein grummeliger Saufkopf. Da wir gerade dabei sind: Franz Branntwein wirkt zu kühl, wenn auch belebend und erfrischend. Innerlich wärmender Captain Morgan oder Jack Daniel's lassen die Realität eher verschwommen sehen und würden doch nur deren schwankend lallende Wortkreuzung Captain Jack Sparrow spiegeln. Er sollte schon etwas mehr Intellekt ausstrahlen. Allerdings ist Schlaubi Schlumpf nicht nur zu klein und obendrein noch blau, nein er zeichnet sich als Besserwisser und wirkt hochnäsig – wenn auch auf niedliche Art und Weise. Aber dann könnte man ja gleich zu Napoleon Bonaparte absteigen. Eventuell duldet man kleine Diktatoren gerade noch unter den eigenen Sprösslingen, bei einer ausgewachsenen Eiche ganz sicher nicht. Mit einem Robin Hood, um das Pendant zu nennen, kommt man finanziell nie auf einen grünen Zweig.

Lucky Luke, ein weiterer rechtschaffener Naturbursche, kaut zwar betörend unnahbar und lässig auf seinem Grashalm, und ist – ebenso wie der Rächer der Enterbten – nicht nur selbstlos fürsorglich, sondern auch noch ehrenamtlich tätig; Attribute, bei denen sogar emanzipierte Weibsbilder gelegentlich schwach werden. Doch am Ende des Tages reitet der einsame Cowboy auf seinem Ross stets allein gen Sonnenuntergang.

Garantiert bekommt jede noch so eiserne Jungfer karpfenartige Schnappatmung beim spitzbübischen Schalk im Blick eines Casanovas oder Don Juans. Bekanntermaßen können wir dem schon von jeher kaum widerstehen. Als Einzelkind teile ich jedoch nicht allzu gern – schon gar nicht verführerisch aromatisierte Männer!

Den Frauenversteher Deeetlef Doppel-Collier nehme ich sehr gern mit auf eine Shoppingtour, ins selbe Bett wollen wir uns aber beide nicht legen. Gleichwohl sollte in seinem Alias elega-(la)nter Rhythmus mitschwingen, selbst wenn es keinen Tänzer-Fred wie Astaire braucht.

Möchte man also einen namentlichen Helden kreieren, muss schon ein Supermann à la Clark Kent einspringen. Nicht umsonst wird smart, charmant, muskulös ... schlichtweg der Prototyp beschützender und dennoch einfühlsamer Männlichkeit mit ihm assoziiert. Ungeachtet dessen ist der Name an sich viel zu gewöhnlich für einen außergewöhnlichen Mann und – weitaus schlimmer – untrennbar mit roten Unterhosen verknüpft.

Das Bildnis eines nicht alternden Dorian Gray scheint verlockend. Doch was nützt mir die Metapher eines ewigen Jünglings mit aalglatter Haut, wenn meine in absehbarer Zukunft mit Dörrobst konkurriert.

Das perfekte Synonym für den (Teilzeit-)perfekten, echten Kerl zu generieren, ist gar nicht so leicht und sicherlich individuell anzupassen. Immerhin muss der Name diverse Eigenschaften vereinen: schön, nicht alt- aber klug, aufrecht und weltoffen, besonders und aufmerksam, (an-)mutig und beschwingt, mit einer Messerspitze Humor und einem (zumindest) mittleren Platz auf der Scoville-Skala, standfest und statthaft, unverwüstlich, groß und stark (ohne ständig eine Dose Spinat leeren zu müssen, Popeye!). Er sollte heroische Geborgenheit versprechen, wie Poesie, die Verkörperung von Leidenschaft ...

Oh, Achilles! Wobei offenbleibt, ob man es als seine Unverwundbarkeit deutete oder vielmehr als meine Achillesferse, meinen wunden Punkt.

Nein, irgendwie fehlt mir immer noch das feurige Prickeln. Wenn die Wahl zwangsläufig auf die englische Variante inklusive Serienkompatibilität fiele, I'd proudly present my Mr. McPassion.

Aber wahrscheinlich muss ich sowieso umsatteln und am Ende ganz banal – nicht gerührt und nicht geschüttelt – zum Ursprung zurückkehren, nämlich zu Mr. Right, Mr. Copy Right.

(Halt! Dich! fest! Im Labyrinth der Blindfische,
chiliverlag, 2013, S. 169-172,
ISBN 978-3943292039)

Olivia, Single, glücklich

Gestatten: Das bin ich! Jawohl, glücklich. Meistens jedenfalls. Oder wenigstens zufrieden. Richtig, ich bin alleinstehend. Aber eben auch allein gehend, allein sitzend, allein lebend, allein essend, allein schlafend. Das ist deprimierend? Mitnichten. Obgleich den Single-Frauen über dreißig oftmals das Etikett der Verzweiflung auf der Stirn haftet. Besonders dann, wenn 'über dreißig' eigentlich 'schon beinahe vierzig' meint. Da werden einem solche Fragen gestellt wie: „Was läuft denn da schief?" Bitte? Als wäre es irgendein Defekt, als wäre ich amputiert und mir würde etwas fehlen. Mir fehlt aber nichts. Nur sporadisch, Kleinigkeiten dann und wann. Wer diktiert, dass wir unbedingt zu zweit durchs Leben gehen müssen? 24 Stunden am Tag die Alleinherrschaft über die Fernbedienung zu haben, ist fabelhaft – obwohl es irgendwie an einen zweitklassigen Orgasmus erinnert: umwerfend für den Moment, aber nichts, wofür man dauerhaft dankbar ist.

Vor allem während der Spargelzeit freue ich mich über den Exklusivvertrag zur Nutzung des Badezimmers. Im Übrigen muss ich nicht zwingend jeden Morgen die Bartstoppeln meines Partners im Waschbecken begrüßen. Automatisch folgen kreisdrehende Dialoge. Haarsträubend komisch – allerdings nur für den unbeteiligten Zuschauer. So manche Beziehung scheint ohnehin direkt von Loriots genialer Feder ins Leben geschrieben worden zu sein. Und wenn ich zwangsläufig dem lautstarken, ständigen Streit meiner Nachbarn beiwohne, dann bin ich froh, dass mir das erspart bleibt. Klingt egoistisch. Ist es aber nicht. Selbstschutz vielleicht.

Inzwischen werde ich durch ein immer breiteres Angebot für den sogenannten Single-Haushalt in meiner Unabhängigkeit unterstützt, wenn nicht gar bestärkt. Selbst die Lebensmittelindustrie hat umgedacht; zaubern Einpersonenbetriebe auf Dauer eher selten 3-oder-mehr-Gänge-Menüs. Oder geht das nur mir so? Langsam glaube ich, dass die Röteln-Antigene, mit denen wir Mädels als Pubertierende geimpft werden, stattdessen mein Hausfrauen-Gen deaktiviert haben. Jedenfalls habe ich keine Lust, die Zutaten einer Mahlzeit zwei Stunden lang in mühsamer Kleinarbeit zu schnippeln, das Ganze eine weitere Stunde zu brutzeln, nur um das schmackhafte Ergebnis in fünf Minuten aufgegessen zu haben und mich anschließend voller Elan in die Chaosbeseitigung zu stürzen. (Ein dreifaches Halleluja auf die Bringdienste, die ihren Mindestbestellwert gesenkt haben ...)
Verkommen wir also deshalb zur Fast-Food-Gesellschaft, weil es mehr und mehr Individuen vorziehen, allein zu essen? Überträgt sich diese Mentalität auf unser Miteinander? Anders gefragt: Essen wir allein, weil wir längst ein Fast-Love-Volk sind?

Wir ziehen Social-Networking dem realen Treffen in einem Café vor. Logisch. Können wir hier doch – ähnlich einer Probezeit im Angestelltenverhältnis – die Verbindung jederzeit ohne Angabe von Gründen kappen, notfalls stillschweigend und vorzeitig. Schnell mal über den Daten-Highway; bloß keine Umwege oder Verbindlichkeiten. Nullen und Einsen gibt es nämlich nicht nur in der Matrix.

Ganz im Vertrauen: Ich hoffe immer noch, dass der Vermieter mit dem Einbau der Rauchmelder keine versteckten Kameras installiert hat. Denn zweifellos habe auch ich mir die eine oder andere Marotte angewöhnt, deren Ausübung man tunlichst vor fremden Beobachtern und erst recht vor den Augen eines (neuen) Teilzeit-Gefährten vermeiden sollte. Bestimmt brauche ich mich nicht zu fragen, ob ihn die Sockenfusseln zwischen meinen Zehen stören, wenn ich nach einem anstrengenden Tag barfüßig ins Bett gehe. Wahrscheinlich störe ich mich selbst viel mehr daran; vor allem an dem Risiko, dass mein Angebeteter mich nicht mehr als *außer-*, sondern nur noch als gewöhnlich einstufen könnte. Insbesondere, wenn er herausfindet, dass meine Beine nur in Nylons fünfundzwanzigjährig sind, meine luftgetrockneten Haare einer Frisur nicht mal ähnlich sehen und meine Abgase der EU-Norm keinesfalls entsprechen. Wider besseren Wissens baut man anfangs noch darauf, dass die ausgetretenen Dämpfe aus dem Chemielabor der benachbarten Schule und die Geräusche als das Leeren einer Shampoo-Flasche wahrgenommen werden könnten ... Gemeinhin ist die Realität nun mal nicht so streichzart wie ungekühlte Butter.

Dass ich nicht erreichbar bin, wenn mittwochs meine Lieblingsserien das Abendprogramm beherrschen, dürfte wohl nur dann kein Problem darstellen, wenn zufällig ein Bundesliga-Spiel auf diesen Termin fiele. Ob er dann noch Verständnis dafür hätte, wenn ich sonntags einfach mal liegenbliebe? Nun, näher möchte ich darauf gar nicht eingehen, hat doch jeder seine eigenen Spleens. Es versteht sich jedoch von selbst, dass wir hier von Vorlieben, Schwächen, Gewohnheiten und rituellen Manien sprechen, die essentiell, wenn nicht sogar (über-)lebensnotwendig sind. Zudem muss man sich den vielgelobten Sex mit dem Ex wohl ebenfalls verkneifen. Welch ein Jammer! Okay, meistens ist das auch nur wie das Vorhandensein einer Badewanne in Mietwohnungen: nicht unentbehrlich, und auch nicht täglich in Gebrauch, aber trotzdem schön zu wissen, dass man die Vorzüge bei Bedarf nutzen kann.

Wenn ich all dem entsagte, gäbe ich dann nicht einen bedeutenden Teil von mir auf? Auf einiges kann man eventuell noch verzichten, auf alles sicherlich nicht.

Wenn ich lange nicht getanzt habe, bin ich dazu noch fähig? Den Grundschritt eines Disco Fox' oder Wiener Walzers verlernt man nicht so schnell, das ist Standard. Aber was ist mit Latein? Können wir nach der Trainingspause zum Auftakt einer neuen Saison die Kür ein ganzes Lied lang durchhalten und damit die Meisterschaft gewinnen?

Mal ehrlich, spätestens hier zeigt sich, dass so ein Single-Dasein immense Vorteile hat. Ein Single tanzt laufend allein. Da ist niemand, der einem auf die Füße tritt; mit dem man Kompromisse eingehen muss. Niemand, der einem nachts den Schlaf raubt, indem er schnarcht, mit den Zähnen knirscht, seine Nase pfeifen lässt, tritt, boxt, um die Bettdecke kämpft oder gar einem ungelegenen Schäferstündchen nachgehen möchte – nämlich ausgerechnet dann, wenn man die Schäfchen gerade gezählt und sich das Gatter fast geschlossen hat, um in die unendlichen Weiten der Traumlandschaft einzutauchen.

Niemand ignoriert die mehrfach freundlich geäußerte Bitte, im Sitzen zu pinkeln. Niemand ist der Auffassung, „Wäsche zu machen" bedeute, die Schmutzige überall auf dem Fußboden zu verteilen und sie ein paar Tage später frisch duftend und gebügelt aus dem Schrank zu nehmen. Gut, die Diskussion darum, wer den Müll hinuntertragen muss, spart man sich zwar, denn diese verliert man als Single unweigerlich. Aber wenigstens sieht die Wohnung genau so aus, wie man sie verlassen hat. Ob nun genauso aufgeräumt oder ungeputzt, sei dahingestellt.

Manchmal zahle ich den Preis der Freiheit und führe Selbstgespräche. Okay, zugegebenermaßen öfter als manchmal, aber nur selten mehrsprachig. Was bleibt mir sonst auch übrig? Der Fernseher antwortet schließlich nicht, wenn er seinerseits Monologe vorträgt. Und ganz nebenbei präsentiert sich einer der größten Nachteile gegenüber einer partnerschaftlichen Verbindung: Es gibt verdammt noch mal keinen Prellbock, den ich für meine üble Laune, einen öden Alltag oder die lähmende Langeweile verantwortlich machen kann.

Ergo ist auch niemand da, der das Schwesternhäubchen aufsetzt und mir die Suppe ans Bett bringt, wenn es mir mal nicht so gut geht.

Vorsichtig ausgedrückt mag ich es als Single-Frau dennoch nicht sonderlich, verkuppelt zu werden oder mich solchen Versuchen ausgesetzt zu sehen. Obwohl das eigentlich jeder weiß, der mich kennt, versucht der Eine oder Andere es dennoch hin und wieder. Könnte ja klappen. *Diesen tollen Burschen, den besten Kumpel des aktuellen Liebhabers oder den Schwippschwager des Arbeitskollegen kennt sie ja noch nicht ...*

Dann werden seltsame Treffen arrangiert, in der Hoffnung, ich würde es nicht merken. Dabei vergeht mir der Spaß oft schon auf dem Weg. Man erkennt das geheime Vorhaben doch irgendwie. Ich gehe mal davon aus, dass es unsere Mitmenschen nur gut meinen, wenn sie uns an einen potentiell potenten Partner vermitteln wollen. Aber wer braucht denn eine Konversation mit einem Unbekannten, der offenbar der Überzeugung ist, Gottes Geschenk an die Frauen zu sein und sich obendrein auch noch gern reden hört? Der in seiner überheblichen Art Fragen stellt, die man normalerweise nie bei einer ersten, ja nicht mal bei einer fünften Begegnung äußern würde. So ein Privatpatient, der sich wundert, dass man nicht auf seine plumpe Annäherung eingeht. Das kann ja überhaupt nicht sein, ist er doch das Beste, was noch frei herumlaufen darf. Jede Frau muss sich glücklich schätzen, wenn er, dieser ganze Kerl, sich für sie interessiert. Ich nicht. Da kann doch was nicht stimmen – und zwar mit mir! Obwohl wir schon als kleine Mädchen von Aschenputtel lernen, dass die Guten ins Töpfchen und die Schlechten ins Kröpfchen gehören, bin ich keine staatlich geprüfte Erbsenzählerin (fein, es waren Linsen, aber wer wird denn gleich so kleinlich sein ...). Ich bin alles andere als perfekt; erwarte dafür im Gegenzug auch keine Perfektion. Die meisten Menschen werden sowieso erst durch ihre kleinen Macken und Makel interessant. Aber ein Mindestmaß an gepflegten Umgangsformen (inklusive Zähnen und Fingernägeln!) setze ich schon voraus. Wenn mich dieser Traumtyp also zum dritten Mal fragt, ob ich auch wirklich ganz sicher nicht lesbisch sei, erwidere ich nur noch, dass ich es bis jetzt zwar nicht war, es mir bei den Männern heutzutage jedoch noch mal überlegen werde ...

Wenigstens klingt so ein Abend dann in Ruhe aus – mit dem positiven Nebeneffekt, dass die nunmehr peinlich berührten Kuppler dies bestimmt kein zweites Mal versuchen werden.

Sicherlich gibt es Frauen, die wirklich jemanden kennenlernen möchten, die keine Verabredung auslassen – mit wem auch immer. Einige suchen dabei eine feste Partnerschaft, andere geben sich auch mit weniger zufrieden. Vielleicht möchten sie mit der Geborgenheit (und dem Stress) einer Familie die Stille und Leere füllen. Vielleicht haben sie es satt, allein zu sein. Sei es auch nur für ein paar Stunden. Vielleicht möchten sie einfach nur mal wieder ihre Libido befriedigen – und zwar mit einer anderen Person als sich selbst ...

Ob dieser zweigeschlechtliche Akt hinterher als gut oder schlecht bewertet wird, ist fast schon unerheblich. Meist treffen die Liebe suchenden Damen ohnehin auf solch männliche Exemplare, die an diesem Abend mal kurz vergessen haben, dass sie eigentlich einen Ehering am Finger tragen – oder bis vor fünf Minuten noch getragen haben. Einen Vorteil hat es ja: (spätestens) am nächsten Morgen wird man diese Herren ganz schnell wieder los. Daheim warten schließlich Frau, Kind und mindestens ein Hund hinterm Gartenzaun. Wer so etwas braucht, bitteschön. Meine Baustelle ist das nicht.

Gelegentlich steht man bei Veranstaltungen kurzzeitig allein im Raum, also zumindest ohne das Rudel, mit welchem man angereist war. Derart ungeschützt erscheinen wir manch einsamen Wolf als wehr- und arglose Beute. So wird dieser Moment gern zur beschnuppernden Kontaktaufnahme genutzt. Nein, ich bin nicht grundsätzlich gegen Männer. Ich bin emanzipiert, nicht frustriert. Okay, manchmal, vielleicht ein klein wenig. Nichts, was ein großer Löffel einer gewissen Nuss-Nougat-Creme nicht wieder ausgleichen könnte. Aber wenn mein unbekanntes Gegenüber glaubt, mit einem Getränk meiner Wahl auf seine Kosten, ein wenig belangloser oder viel zu aufdringlicher Plauderei und dem Überreichen einer vermeintlich stilvollen Visitenkarte hätte Mr. Wichtig seiner Zunge den Weg in meinen Mund geebnet, dann muss ich das in aller Deutlichkeit negieren. Und ja, bei solch verlockenden Aussichten fahre ich äußerst gern ohne Gefolge nach Hause.

In den meisten Fällen möchte man die Ü30-Single-Männer tatsächlich erst gar nicht einladen; sind sie doch wie Überraschungseier für Erwachsene: Spannung, Spiel und wenn man Pech hat, lutscht man lieber Schokolade. Mitunter bricht die Ausnahme aber mit allen Regeln. Hat man sich also doch so ein kleines Mitbringsel gegönnt, verschwindet dies leider nicht so unkompliziert wie dessen verheiratete Artgenossen. Gern verhalten sich die ringlosen Souvenirs wie Mitglieder eines parasitären Insektenstammes. Oder wie Rotwein auf dem weißen Sofa: ein hartnäckiger Schandfleck als Folge eines ungeschickten Handgriffs.

Es sei denn, man erhofft sich etwas Ernsthaftes. Nichts erschreckt einen ledigen Playboy mehr als drohende Fesseln an den Beinen. Zumindest, wenn diese von der falschen Frau angelegt werden. *Sicherlich offenbaren sich bei so einer Mittdreißigerin spätestens übermorgen einige (Ab-)Gründe, die erklären, weshalb diese Frau noch nicht vergeben ist.*

Hey Ihr Single-Männer da draußen, warum seid Ihr es denn noch nicht?

Klar, die Guten sind größtenteils jetzt schon vom Markt. Nun kann man sich aussuchen, ob man sich mit Ware der Kategorie *2. Wahl* zufrieden gibt oder ob man wartet, bis die 1. Wahl re-importiert wird und wieder verfügbar ist. Second-Hand, also bereits Getragenes, ist eh günstiger zu erstehen, wenn auch mit leichten Gebrauchsspuren. Dies mag einige abschrecken. Aber unsere vierbeinigen Kameraden holen wir doch ebenfalls aus dem Heim, ohne zu wissen, welche schlechten Erfahrungen den Charakter geprägt haben.

Wenn die Alternative ein braves Schoßhündchen ist, das stets freudig mit der Rute wedelt und nach Leckerlis bettelt; also ein Ja-Sager, der dauernd fein gelobt werden will, dann ziehe ich einen Löwen oder Widder jederzeit vor.

Jetzt glaubt man vielleicht, hier kommt das passende Rezept, die immer richtige Methode jemanden anzusprechen. Leider nicht. Im Gegenteil. Ich bin davon überzeugt, dass es diese gar nicht gibt. Ob der eine oder andere Versuch von Erfolg gekrönt ist, hängt doch vielmehr von der Tagesform beider Protagonisten ab, sowie von den äußeren und inneren Umständen. Der falsche Mann kann noch so sehr die richtige Masche aufnehmen, er bleibt dennoch der falsche Mann. Und der richtige Mann? Wenn dieser sich verstrickt, verzeihen wir das schnell, meist auch öfter. Hat er jedoch eine Schlinge zu viel fallengelassen, ribbelt das entstandene Loch das Geflecht vollständig auf und wird zu dem langen Faden, der er ursprünglich war. Er an dem einen Ende und ich an dem anderen. Gut, nun könnte man argumentieren, dass uns da immer noch etwas verbindet, aber dieser Draht zueinander ist leider etwas zu lang.

Dann steht er plötzlich da. Wie eine Erscheinung umhüllt ihn ein heller Lichtkegel. Na schön, es ist bloß der Scheinwerfer einer rhythmisch aufleuchtenden Lasershow, den er kurzerhand zweckentfremdet und sich zu Nutze macht. Ich bin trotzdem wie hypnotisiert. Er ist das Licht und ich die Motte. Allerdings umschwärmen ihn bereits etliche nachtaktive Falter und flattern um ihn herum.

Ich überlege noch kurz, ob ich ihm meine Visitenkarte zuspielen soll, aber wahrscheinlich steht er sowieso nicht auf Frauen.

Egal, ich nehme ihn trotzdem mit, denn er wird mich kaum enttäuschen können. Oh nein, diese Zuneigung ist viel inniger, beinahe symbiotisch. Er bringt mich hoch hinaus und hält mich dennoch auf dem Boden. Er verleiht mir Eleganz und schätzt hin und wieder die Gemütlichkeit. Ich weiß, dass er mich ewig tragen wird. Er ist der ideale Begleiter; zuverlässig und treu bis zum letzten Schritt: mein neuer Schuh!

(Alles Anders: Kurzgeschichten,
Schweitzerhaus Verlag, 2015, S. 242-248,
ISBN 978-3863320348)

Fischers Frau

„Ach verdammt, jetzt muss ich doch noch mal los...", grummelte Anna Berger über ihre Vergesslichkeit, wenn es um Einkäufe ging. Es dämmerte bereits an diesem spätherbstlich-lauen Samstagabend und die öffentlichen Verkehrsmittel fuhren nicht mehr regelmäßig. Zu allem Überfluss hatte Annas Fahrrad auch noch einen platten Reifen. „Prima, dann muss ich wohl zu Fuß gehen!", zischte sie. Genervt verließ sie das Haus und machte sich auf den Weg durch die Siedlung, die eher ruhig, sogar ein wenig abgelegen am Rand der kleinen Stadt lag. Unweit ihres Gartentors begann der Wald, dessen friedliche Ausstrahlung sie jedes Mal beruhigte, wenn sie wieder einen anstrengenden Tag gehabt hatte. Anna mochte es, die Äste im sanften Wind tanzen zu sehen. Doch hätte sie die grüne Oase niemals allein betreten oder gar einen Spaziergang gewagt. Sie war kein besonders ängstlicher Mensch. Doch wozu das Schicksal unnötig herausfordern?

Glücklicherweise befand sich der Supermarkt in entgegengesetzter Richtung, näher zum Stadtkern gelegen, und war in fußläufigen fünfzehn bis zwanzig Minuten erreichbar. Der Weg verlief in diesem Abschnitt parallel zu dem Fluss, an welchem ihr Mann so gern angeln ging.

Anna hatte lediglich ihre EC-Karte und den Hausschlüssel mitgenommen. Sie benötigte ja auch nur noch ein Teil und war froh um jeden Meter, den sie ohne sperrige Handtasche gehen konnte. Kurz hatte sie noch überlegt, ob sie sich mit Musik auf den Ohren die Langeweile unterwegs vertreiben sollte. Da es aber bereits dämmerte und ihr Weg unter breiten, spärlich beleuchteten Brücken hindurchführte, entschied sie sich dagegen. Sie liebte laute Musik, besonders wenn sie zu Fuß ging. Im Dunkeln achtete sie jedoch lieber auf ihre Umgebung. „Mir wird schon nichts passieren", spottete sie mit laut verstellter Stimme und hochgezogenen Augenbrauen. Diesen Satz hatte sie sich stets vorgesagt; es klang beinahe wie eine Affirmation, und jedes Mal ein wenig ironischer. Seit frühester Jugend behielt sie ihren Schlüssel in der Hand. Das gab ihr ein Gefühl von Sicherheit – obwohl ihr durchaus bewusst war, dass es ihr im Ernstfall überhaupt nicht helfen würde.

Ohne musikalische Ablenkung konnte sie außerdem ungestört ihren Gedanken nachgehen. Vor einigen Monaten hatte sie ihren Philip geheiratet. Als sie sich trafen, war Anna bereits schwanger. Der leibliche Vater wollte weder von ihr noch von seinem Kind etwas wissen. Philip jedoch wollte keinen Augenblick in der Entwicklung seines angenommenen Kindes verpassen. Er war ein sehr aufmerksamer und warmherziger Mann. Deshalb hatte sie auch keinerlei Bedenken, seinen verfrühten Antrag anzunehmen und den Bund fürs Leben mit ihm einzugehen. So sehr sie sich auf das Familienleben und die gemeinsame Zukunft freute, so sehr beunruhigte sie die Frage, ob sie ihrer neuen Rolle gerecht werden würde.

„Nein, auch das noch!" Anna hatte ihr Handy zu Hause liegenlassen. Gerade fiel ihr ein, dass Philip sie von der Arbeit aus anrufen wollte. Jetzt würde er sich Sorgen machen, wenn er sie nicht erreichte. Schließlich stand der Entbindungstermin kurz bevor. Sie blieb stehen und tastete sich ab. Vielleicht hatte sie ihr Mobiltelefon ja doch eingesteckt ... Moment! War da ein Schatten? Anna schreckte zusammen, bemühte sich aber um Unauffälligkeit. Schließlich war nicht jeder Unbekannte automatisch ein Verbrecher, und manche Jugendliche machten sich gelegentlich einen Spaß daraus, in Gruppen freche Sprüche zu klopfen oder ihren Mitmenschen einen bösen Streich zu spielen. Bloß keinen Anflug von Nervosität zeigen. Die schnelle Atmung wieder in den Griff bekommen. Den flirrenden Blick geradeaus konzentrieren. Gedanken kontrollieren. „Ganz cool bleiben!", ermahnte sie sich. „Da ist niemand." Anna beruhigte sich mit der Idee, dass bestimmt nur ein Vogel an der künstlichen Lichtquelle vorbeigeflogen war oder der Augenwinkel eine Sinnestäuschung vorgespielt hatte. Dennoch beschleunigte sie ihren Schritt. Zum Glück trug sie keine High-Heels mehr, sonst hätte man ihre Unruhe direkt auf dem Asphalt gehört. Schützend strich sie über ihren runden Bauch. Annas Anspannung sollte keinesfalls auf ihr Ungeborenes übertragen werden. Sie horchte hinter sich, ganz unwillkürlich. Waren das Schritte? „Reiß Dich gefälligst zusammen, Anna!", befahl eine innere Stimme. Die vorlauten Rabauken mussten bereits zu Hause sein, die jungen Erwachsenen hübschten sich gerade erst für den Party-Abend auf und die Älteren blieben sowieso daheim. Sie war also ganz bestimmt allein in dieser Unterführung. Letzten Endes war es nur ein kleiner Ort. Das Nachtleben fand hier gar nicht wirklich statt. Obwohl Anna sich in dem Moment nicht sicher war, ob sie nicht doch eine belebte Straße dieser menschenleeren vorziehen würde. Hinter jedem Pfeiler in den dicken Wänden dieser drei langgezogenen Brücken hätte man sich unbemerkt verstecken können. Anna schüttelte den Kopf. Warum machte sie sich plötzlich solche Sorgen? Sie nahm diesen Weg mehrmals täglich, schon seit Jahren. Nie war ihr dabei so unwohl wie heute. Sollte sie sich umdrehen? Oder stur und schnurstracks weitergehen? Sie umklammerte das Schlüsselbund in ihrer Hand noch fester, so dass es sich in ihr Fleisch bohrte und Abdrücke hinterließ. Sie nestelte an der Position der einzelnen Schlüssel, um zwei davon zwischen ihren Fingern hervortreten zu lassen. Damit wollte sie im Notfall zustechen, ihren Angreifer abwehren und davonlaufen. Sie überlegte, wie sie ihren Arm halten und sich wenden müsste. Obwohl ein Teil von ihr über ihre irrationalen Befürchtungen die Augen verdrehte und einem anderen Teil die Angst in den selbigen stand, plante ein weiterer Teil couragiert die Verteidigungsstrategie. Immerhin hatte sie nun nicht nur sich sondern auch ihr Baby zu beschützen. „Das sollte mir beim nächsten Einkauf eine Lehre sein!", wirkte sie erzieherisch auf sich ein. „Beim nächsten Mal? Na hoffentlich ...!" Die pure Angst kroch ihr spürbar die Wirbelsäule empor und griff eisig in ihren Nacken. „Au!" Annas Leibesfrucht zeigte mit einem festen Tritt recht energisch, was es von dem Stress der Mutter hielt. „Okay Kleines, schon gut." Sie war nicht mal sicher, ob sie ihr Baby oder sich selbst zu besänftigen versuchte. „Wir haben es ja bald geschafft. Gleich sind wir angekommen ... und zurück nehmen wir ein Taxi."

Da. Das waren doch eindeutig Schritte hinter ihr. Wurden sie schneller? Gingen sie nur zufällig in die gleiche Richtung? Sie spürte ihren Herzschlag ansteigen; er klopfte sichtbar an ihrem Hals bis hinauf in ihre Schläfen. Hektisch hob und senkte sich ihr Brustkorb. Der Schweiß bahnte sich seinen Weg durch die Poren an die Oberfläche. Kalt, feucht, beklemmend. Ihre Augen huschten panisch von links nach rechts, von rechts nach links, suchten einen Ausweg. Die Schritte wurden lauter. Jetzt hatte er sie beinahe eingeholt. Er? War es überhaupt ein Mann? Anna hatte sich nicht einmal umgeschaut, um Gewissheit zu erlangen. Es hätte doch genauso gut eine Frau gewesen sein können, die sich ihr rasant näherte. Und all das hier war völlig unnötig. Natürlich, so würde es sein.

„Anna!"

Sie kannte diese Stimme. „Ein Glück, Du bist es",
drehte sie sich erleichtert um und strahlte beim
Anblick des bekannten Gesichts. „Was für ein
Zufall, dass Du auch zu Fuß unterwegs bist."

„Das ist kein Zufall. Du bist so berechenbar!"
Anna legte ihren Kopf ruckartig schief, kräuselte
die Stirn; verwundert über den kalten Ton in diesem Satz. Der feste Griff um ihre Handgelenke
ließ an der unerwartet bösen Absicht keinen
Zweifel.

„Das kannst Du nicht machen! Das kannst Du
nicht machen!" Verzweifelt versuchte Anna an
die Vernunft zu appellieren. Sie flehte und bettel-
te um ihr Leben und das ihres Kindes. Der ge-
waltsam injizierte Wehencocktail wirkte schnell.
Unter Schmerzen und Tränen folgte sie den Anweisungen. Sie wollte ihr Baby zur Welt bringen,
sie wollte Mutter sein, ihr Kind in den Armen
wiegen, es aufziehen, Kummer trösten, einfach da
sein und es mit all ihren zur Verfügung stehenden
Mitteln beschützen – notfalls mit ihrem Leben.
Sie hörte gerade noch den ersten Schrei ihres
Neugeborenen, dann spürte sie einen dumpfen,
kräftigen Schlag – und es wurde dunkel ...

- - -

Dort am Ufer stand er und justierte seine Angel-
rute. Ob er wusste, dass er beobachtet wurde? Er
machte einen entspannten Eindruck. Wahrschein-

lich ahnte er nicht einmal, dass das Gebüsch auf der kleinen Anhöhe hinter ihm als Spähposten diente. Wie auf einem Jägerstand hatte man von hier aus eine perfekte Aussicht auf seinen Lieblingsplatz; angeblich bissen die Fische da besonders gut. Wie selbstgefällig er sich auf seinen Sitz niederließ und die Hände rieb. Die Vorfreude auf einen großen Fang? Natürlich. Ihm fiel doch alles in den Schoß. Ständig kam er mit allem durch. Aber dieses Mal nicht, Philip, diesmal nicht ...

Als Lukas Wagner an der Haustür von Familie Berger klingelte, war er erleichtert, dass seine Kollegen die Nachricht bereits übermittelt hatten. So etwas wird nie angenehm werden, auch nach mehreren Dienstjahren nicht. Während er darauf wartete, dass ihm geöffnet wurde, registrierte er den gepflegten Vorgarten. Weiße, grau-schattierte und braun-marmorierte Kieselsteine stellten die Umrandung für kleine Blumeninseln dar. Den Weg zum Eingang säumte buntes Natursteinpflaster, welches in einem ruhigen Muster angelegt war. Alles wirkte sehr geordnet.
„Guten Tag, Frau Berger. Wagner, Kriminalpolizei", unterstrich er das Vorzeigen seiner Dienstmarke. „Darf ich Ihnen mein Beileid aussprechen?"
„Danke." Pia Berger schaute betreten zu Boden und schwenkte den Arm zu einer einladenden Geste. „Bitte, kommen Sie herein. Ihre Kollegen haben Sie bereits angekündigt. Herr Krüger ist

noch hier." Die attraktive Enddreißigerin hatte ihr braunes Haar zu einem Pferdeschwanz gebunden und präsentierte sich eher sachlich – für eine Frau, die kürzlich erfuhr, dass man ihren Mann erstochen aufgefunden hatte, ein wenig zu emotionslos, befand der Kommissar. Lukas Wagner war ein erfahrener Spürhund; sein Instinkt täuschte ihn selten.

Nachdem die Hausherrin die Tür schloss, geleitete sie den Beamten durch den Hausflur ins Wohnzimmer. „Nehmen Sie doch Platz."

„Danke. Ich möchte auch gleich mit der Befragung beginnen."

„Natürlich", bestätigte sie und setzte sich dem Ermittler gegenüber.

„Sie haben Ihren Mann vor zwei Tagen zuletzt gesehen. Ist das richtig?"

„Ja. Er wollte endlich mal wieder Angeln gehen, den Kopf frei bekommen. Er war vor ein paar Monaten befördert worden und stand seither unter großem Druck. Mein Mann war recht ehrgeizig, aber zeitlebens darauf bedacht, seinen Erfolg nicht auf Kosten Anderer aufzubauen", zeichnete sie ein sympathisches Bild ihres Partners.

„Demnach hatte er sich beruflich keine Feinde geschaffen?", stellte der Kommissar mehr fest als er fragte.

„Ich kann es mir jedenfalls nicht vorstellen", Pia Berger kniff ihre Augen zusammen und legte die schön geschwungenen Brauen kopfschüttelnd in winzige Falten. „Ich kann mir überhaupt nicht vorstellen, wer meinem Mann so etwas angetan haben könnte."

Nach einer kleinen Pause, in der Lukas Wagner der Witwe ein kurzes Durchatmen gönnte, fuhr er mit der Vernehmung fort. „Frau Berger, entschuldigen Sie, aber ich muss Sie das fragen: Wo waren Sie vorgestern Abend in der Zeit von 20 bis 23 Uhr?"

„Schon gut ...", Pia presste einen deutlich hörbaren Luftstoß durch ihre aufgeplusterten Wangen. „Ich habe für den Geburtstag unserer Tochter Sarah im Internet recherchiert. Sie wird in ein paar Wochen 16 und hatte sich eine besondere Feier gewünscht", ihre Stimme wurde sanft, als sie über ihr Mädchen sprach. „Übrigens überprüft Ihr Kollege den Computer zur Zeit nach den letzten Verbindungen."

Der Kommissar nickte bestätigend. „Ihre Tochter weiß bereits, was passiert ist, nehme ich an."

„Ja. Sie ist gerade bei einer Freundin. Teenager, wissen Sie? Da spricht man nicht mit den Eltern über Sorgen", ein schmerzvolles Lächeln huschte über das Gesicht der Mutter. „Sie wird Anna immer ähnlicher ...", hörte er sie flüstern.

„Anna?"

Eine aufgewühlte Mimik zeichnete sich ab. „Ähm ja, Anna ... Sarahs leibliche Mutter."

„Ihr Mann war also schon mal verheiratet?"

„Ja ... und eigentlich ist Sarah auch nicht *sein* Kind. Ihr leiblicher Vater ließ ihre Mutter mit seinem Ungeborenen sitzen. Philip, mein Mann, lernte Anna kennen, als sie bereits schwanger war. Sie jobbte damals als Aushilfskraft bei „Fischers", so einem Laden für Angelzubehör. Sie kamen ins Gespräch, verliebten sich ... wie das eben so ist. Sie heirateten schnell, noch vor Sarahs Geburt. Umso härter traf es ihn, als Anna plötzlich spurlos verschwand. Er schilderte häufig, wie verzweifelt er war, als die Ermittlungen keinerlei Erkenntnisse brachten. Bis heute weiß niemand, was mit Anna tatsächlich geschah."

„Das war also vor 16 Jahren", vervollständigte Wagner. „Ja richtig, ich erinnere mich an den Fall. Man hatte den Säugling gut eingewickelt am Wegesrand im hohen Gras gefunden; das silberne Armkettchen trug den Schriftzug „Sarah". Ich fand es damals schon merkwürdig, dass auf der Rückseite statt des Geburtsdatums der Nachname eingraviert gewesen war. Schlimm, wenn die Mutter offenbar keinen anderen Ausweg sieht, als ihr eigenes Kind aussetzen und dann untertauchen zu müssen. Wie verzweifelt muss man sein? Sagen Sie, wurde Anna Berger nicht ebenfalls zuletzt am Fluss gesehen? Ein bizarrer Zufall ..."

Sinnierend knüpfte er an: „Hm, vielleicht hatte sie Sarahs leiblichen Vater wiedergetroffen, die beiden wollten einen Neuanfang wagen und sind zusammen durchgebrannt. Leider ohne ihr Kind. So was soll's ja geben – auch wenn ich das nie verstehen werde. Na wie dem auch sei, ich werde jedenfalls im weiteren Verlauf Akteneinsicht fordern, potentielle Indizien erneut untersuchen lassen. Wir haben ja heute ganz andere Möglichkeiten ..." Lukas Wagner gestikulierte seinem Kollegen, der gerade aus dem angrenzenden Büro ins Zimmer trat: „Felix, kümmerst Du Dich bitte darum? - Sagen Sie," fragte er Pia, „weiß Sarah, dass Sie und Ihr verstorbener Mann nicht ihre leiblichen Eltern sind und der Verbleib ihrer Mutter ungeklärt ist?"

„Nein. Wir wollten es ihr immer irgendwann sagen. Aber den richtigen Zeitpunkt gab es nie. Sie war ja für uns beide stets wie unser eigenes Kind. Mein Mann hatte die Schwangerschaft bis kurz vor der Entbindung miterlebt und ich lernte Sarah als Säugling kennen."

„Dann hat ihr Mann sich aber schnell über seine verschollene Frau hinweg getröstet", urteilte der routinierte Beobachter taktlos.

„Nein, so war das nicht. Ich arbeitete damals bei Sarahs Kinderarzt. Das Schicksal des Vaters und seines kleinen Mädchens kannte jeder. Ich habe das süße, aufgeweckte Baby mit den leuchtenden Kulleraugen sofort in mein Herz geschlossen und mich immer ein wenig mehr um sie gekümmert. Die Kleine hatte doch keine Mutter mehr. Irgendwann bot ich ihrem Vater an, auch mal nach Feierabend nach ihr zu sehen. Bald wurden daraus Wochenendbesuche – bis Philip mir das Angebot machte, mich als Kindermädchen einzustellen. Also zog ich zu ihnen. Nach einer Weile verliebten wir uns ineinander und wurden ein Paar. Doch Philip war ja immer noch mit Anna verheiratet –

auch wenn von ihr jede Spur fehlte. Er konnte sich daher weder scheiden noch seine verschollene Frau für tot erklären lassen. Schließlich war sie keine zehn Jahre vermisst und hatte das 25. Lebensjahr noch nicht vollendet. Wir haben also erst vor knapp sechs Jahren geheiratet. Sarah vermutet bis heute, dass wir nach so langer Zeit lediglich aus finanziellen Gründen einen Trauschein wollten." Ein verschlucktes Kichern entwich der hübschen Brünetten, die viel zu jung war, um bereits Witwe zu sein. In dem großzügigen, geschmackvoll eingerichteten Haus wirkte die zierliche Person, die offensichtlich eine fürsorgliche, liebende Ehefrau und Mutter war und ein harmonisches Familienleben führte, beinahe verloren. Wäre sie im Stande gewesen, ihrem Mann sein gezacktes Angelmesser zwischen die Rippen zu stoßen? Der Täter hatte selbstredend keine Hinweise auf seine Identität hinterlassen. Welches Motiv sollte sie auch gehabt haben? Immerhin hatte sie jahrelang gewartet, um ihren Lebensgefährten ehelichen zu können. Zugegeben, Herr Berger schien gutes Geld zu verdienen. Doch selbst wenn das Anwesen mit seiner gehobenen Inneneinrichtung und dem hübsch angelegten Grundstück sicherlich nicht günstig zu erstehen gewesen waren, so waren hier keinesfalls Reichtümer vorhanden, für die man sich die sprichwörtlichen Hände schmutzig machte. Das Klischee der Geldgier als Tathintergrund schloss der Kriminalist daher vorerst aus, wollte es aber nicht versäumen, die Versicherungspolicen später eingehend zu prüfen. Doch zuvor galt es, einem dringenderen Verdacht nachzugehen.

„Frau Berger, ich möchte auch noch mit ihrer Tochter sprechen. Rufen Sie mich bitte an, wenn sie nach Hause kommt?"

„Ist das denn wirklich nötig, Herr Wagner? Sarah trauert sehr um ihren Vater. Seit wir erfuhren, dass Philip ermordet wurde, spricht sie kaum ein Wort. Ich möchte sie nicht noch größeren Qualen aussetzen."

„Das kann ich verstehen. Aber es muss leider sein."

„Sie werden ihr doch aber nichts von Anna erzählen, nicht wahr?", zitterte ihre Stimme.

Der Kommissar wählte seine Worte mit Bedacht. „Sofern sich aus dem Gespräch keine Notwendigkeit hierzu entwickelt, werde ich es nicht erwähnen. Aber versprechen kann ich es natürlich nicht. Es wäre also gut, wenn sie ihre Tochter zuvor aufklärten", agitierte er beinahe didaktisch. Dann legte er seinen Kopf ein wenig schief: „Kannten Sie Anna eigentlich?"

Die Frau des Opfers antwortete verhalten, dass ihr zwar das Aussehen ihrer Vorgängerin bekannt gewesen sei – hauptsächlich von Fotos, aber auch durch flüchtige Begegnungen auf der Straße –, sie sich aber nie mit ihr unterhalten habe; von Kennen könne demnach keine Rede sein. „Als Sarah älter wurde, haben wir alle Aufnahmen und Erinnerungsstücke Annas aus unserem Haus verbannt.

In der Polizeiakte müsste jedoch noch ein altes Bild von ihr vorhanden sein", komplimentierte die Hausherrin ihre Gäste zur Haustür, als sie hörte, dass diese aufgeschlossen wurde. „Sarah, mein Engel, da bist Du ja endlich." Die Mutter wollte ihre Tochter zur Begrüßung in die Arme schließen, doch Sarah ging wortlos an Pia vorbei.

„Wenn es Ihnen nichts ausmacht, Frau Berger, würde ich jetzt gern mit Sarah reden. - Felix?", forderte er die Unterstützung seines zurückhaltenden Kollegen.

„Ich wäre gern dabei. Ist das möglich?", bat Pia.

„Sofern Ihre Tochter nichts dagegen hat, haben Sie selbstverständlich ein Anwesenheitsrecht während der Befragung."

„Sie verdächtigen mein Kind doch aber nicht, Herr Wagner, oder?"

„Zunächst möchte ich nur wissen, ob Ihrer Tochter möglicherweise irgendetwas aufgefallen ist, ob sie vielleicht etwas gesehen oder gehört hat, was Ihnen entgangen sein könnte oder woran Sie sich nicht erinnern."

Pia ging voraus und führte die Beamten über den Korridor des oberen Stockwerks zum Zimmer des Mädchens.

„Sarah?", klopfte der Kommissar an ihre Tür. „Mein Name ist Lukas Wagner von der Kripo und ich würde Dir gern ein paar Fragen stellen. Dürfen wir reinkommen?" Die Tochter des Ermordeten öffnete ihnen und gewährte stumm Einlass. Ein altersgerechtes Ambiente begrüßte die

Gesetzeshüter. Pia Berger schien bedrückt, als sie das Zimmer betraten. Ob das Verhältnis zwischen Mutter und Tochter doch nicht so einträchtig war, wie die Hausfrau es beschrieb? Oder zeigte sich hier lediglich die übliche Teenager-Rebellion? Zweifelsohne war der Umstand, dass ihr Vater erstochen aufgefunden wurde, nur schwer zu ertragen – besonders für eine Sechzehnjährige.

„Sarah", begann Herr Wagner, während er sich auf einem der Stühle platzierte, „ich kann verstehen, dass es nicht leicht für Dich ist. Trotzdem muss ich Dir ein paar Fragen stellen. Du kannst mir aber jederzeit sagen, wenn es Dir zu viel wird oder Du eine Frage nicht beantworten möchtest. Okay?", bemühte sich der Bulle um Lässigkeit. Das Mädchen nickte schüchtern.

„Wann hast Du Deinen Papa das letzte Mal gesehen?"

Sarah schaute verunsichert zu ihrer Mutter und antwortete zögerlich: „Vorgestern Abend am Fluss. Ich wusste, dass er angeln wollte. Ich war in der Nähe und hatte ihn in letzter Zeit selten gesehen, also bin ich kurz vorbeigegangen."

Der Kommissar zog eine Augenbraue hoch. „Weißt Du noch, wie spät es da ungefähr war?"

„Es muss so kurz vor halb neun gewesen sein, weil ich spätestens um 22 Uhr zu Hause sein muss."

„Ist Dir an Deinem Vater irgendetwas aufgefallen? War er nervös? Hat er um sich geschaut? War jemand bei ihm?"

„Herr Wagner, bitte!", griff Pia ein. „Sie sehen doch, dass es ihr zu viel wird ..."

„Verzeihung Frau Berger, aber Ihre Tochter ist vermutlich die letzte Person, die Ihren Mann noch lebend gesehen hat", erklärte er sein harsches Vorgehen und drängte, dem Mädchen zugewandt: „Warst Du vielleicht wütend auf Deinen Vater? Hat er Dir etwas nicht erlaubt und Ihr seid darüber in einen Streit geraten? Hast Du etwas erfahren, das Dich enttäuscht oder verletzt hat?"

„Es reicht!", bremste die Mutter die Verdächtigung Wagners. „Das Verhör ist beendet. Sarah hat nichts getan."

„Wie können Sie sich da so sicher sein?"

„Ich kenne meine Tochter. Sie war es nicht. Sie hat meinen Mann nicht erstochen. Das ist völlig absurd!"

„Frau Berger, es könnte doch durchaus eine Affekthandlung gewesen sein. Ein Verbot, ein Streit, die Entdeckung eines Geheimnisses ... ein Wort gibt das andere ... Teenager sind impulsiv, da reicht manchmal schon eine kleine Rüge und die Hormone kochen über", reizte er die Mutter.

„Ich verbiete Ihnen so über mein Kind zu sprechen!", entfuhr es Pia. „Sie hat es nicht getan, hören Sie! Sie war es nicht, sie kann es nicht gewesen sein ..."

„Mama, nicht!", unterbrach Sarah ihre Mutter.

„Schon gut, mein Engel", beruhigte sie ihre Tochter, „es war nur eine Frage der Zeit."

„Na dann erzählen Sie doch mal, Frau Berger, ich bin ganz Ohr ...", Lukas Wagner war sich noch nicht sicher, wer hier wen schützen wollte oder ob die beiden Damen des Hauses eine Gemeinschaftstat verübt hatten.

„Nun, mit den Jahren ähnelte Sarah ihrer Mutter immer mehr – nicht nur äußerlich. Philip registrierte das eher ... na sagen wir ... argwöhnisch. Er war sonst ein liebevoller Vater, doch nun distanzierte er sich zunehmend von seiner Tochter, konnte sie kaum noch ansehen. Es war wohl das schlechte Gewissen, das ihn plagte", mutmaßte Pia.

„Was meinen Sie damit, Frau Berger?", forschte Lukas verdutzt nach.

„Ach Herr Wagner, nun seien Sie doch nicht so begriffsstutzig. Was meinen Sie, warum er Anna für tot erklären ließ? Er war sich sicher, dass sie es ist!"

„Frau Berger, wollen Sie damit andeuten, dass Ihr Mann seine erste Frau umgebracht hat?"

„Ich will es nicht andeuten, Herr Wagner, ich weiß es. Zumindest war das seine Absicht. Ich weiß es genau." Sie senkte den Blick für einige Sekunden. Als sie wieder aufsah, hatte sich der Ausdruck in ihren Augen verändert.

„Ich muss Sie bitten, uns auf die Wache zu begleiten. Sie sind hiermit vorläufig festgenommen, wegen heimtückischen Mordes an Philip Berger."

Lukas Wagner belehrte die mutmaßliche Täterin über ihre Rechte und Pflichten, während er sie in

Handschellen in den vor der Haustür geparkten Streifenwagen setzte. Die weitere Vernehmung sollte auf der Dienststelle protokolliert werden, bevor sie dem Haftrichter vorgeführt würde.

- - -

Felix Krüger schüttelte den Kopf. „Dass es dann erhobenen Hauptes aus ihr herausplatzte; scheinbar erleichtert darüber, es aussprechen zu können. Unfassbar! Aber eins musst Du mir noch erklären, Lukas", runzelte Krüger die Stirn. „Wie konnte es sein, dass Philip Berger sie nicht erkannte?"

„Plastische Chirurgie, Herr Kollege. Er zertrümmerte ihr das Gesicht mit einem Pflasterstein." Er machte eine deutende Kopfbewegung: „Mit so einem, wie sie hier vor dem Eingang liegen."

„Ha, welch eine Ironie!", reflektierte Wagners Kollege. „Hast Du bemerkt, wie erschöpft sie vom Einsturz der vorgetäuschten Familienidylle zusammengesackt ist? Am Ende leugnete sie nichts und empfand es augenscheinlich sogar als zutiefst gerecht und in jeder Hinsicht gerechtfertigt."

„Ja, denn eigentlich ist es ein Wunder, dass sie überlebte – und dass sie zu dem Mann zurückkehrte, der sie umbringen wollte, ist mir vollkommen unbegreiflich. Doch die Liebe zu ihrem Kind sowie der allumfassende Wunsch, Sarah beschützen zu wollen, sie aufwachsen zu sehen, waren wohl größer als die Abscheu, und weitaus mächtiger als die Angst vor ihrem Peiniger. So wurde Frau Berger zu Pia – und Anna musste verschollen bleiben … bis heute.

Ach übrigens...danke, dass Du Dich um Sarah gekümmert hast, als ihre Mutter mir die grausame Tat ihres Vaters und den beschwerlichen Weg zurück ins Leben geschildert hat."

„Kein Ding!"

(Psychonymous – Verzogen, chiliverlag, 2015, S. 11-24, ISBN 978-3943292312)

Atemlos

Dein Blick. Spitzbübisch in Blau. Da, Dein bezauberndes Lächeln! Ein Funke.

… und plötzlich: Deine weichen Lippen finden meine. Endlich. Der besondere Moment. Kostbar. Einzigartig. Diese Nähe. Wie selbstverständlich öffnen wir uns für den Anderen. Unsere Zungen kitzeln alle Sinne. Vorsichtig. Langsam. Schneller. Fordernd. Ich versinke in Deiner Sinnlichkeit. Berauscht. Kopflos. Ich fühle Deine Hände. Überall. Sie erkunden meinen Körper. Kraftvoll. Forsch. Sie wissen genau, was sie tun. Unser Atem passt sich der Euphorie an.

Du, unvergleichlich. Leuchtend. Der eine Goldbarren aus 1 Million.

Ich, überwältigt von Dir – Deiner Männlichkeit. Kann nicht mehr verbergen, wie sehr ich Dich begehre.

Wir, nackt. (wann ist das passiert?) Deine Haut an meiner. Warm. Bebend. Trunken sauge ich an Deinem Hals. Küsse. Lecke. Koste von Dir. Auf meiner Zungenspitze prickelt jede einzelne Deiner Poren. Strecken sich mir entgegen. Aufgewühlt. Erwartungsvoll. Sanfte Berührung. Ich erreiche Deine Brustwarze. Dieses zarte Fleisch. Erregt. Blassrosa färbt sich blutrot. Wir streicheln unser Verlangen. Kokettieren ausgelassen. Handverflochten.

Vorbei an Deinem Nabel gipfelt meine Wanderung. Prachtvoll erhebst Du Dich. Ich freue mich

über das Hallo. Spiele ein wenig. Du schmeckst nach Meer. Und mehr. Würzig. Maskulin. Deine Lenden zucken. Unkontrolliert. Lustvoll. Ich kann es kaum erwarten. Dich spüren. Dich spüren. Dich spüren!
Das ist alles, was ich denke. Nichts sonst. Nichts. Du gehst mir durch und durch.

Deine Leidenschaft liegt noch im Laken. Wickelt mich ein. Seit vorgestern schlafe ich darin ...

(Brombeerrausch: Raja Chili: HOT!, chiliverlag, 2014, S. 28, ISBN 978-3943292183)

Ich sehe Dich ...

„Nein, mir geht's wirklich gut, Katja. Jetzt telefonieren wir bereits seit einer guten dreiviertel Stunde und Du glaubst Deiner besten Freundin immer noch nicht!? Hallo, ich bin's: Jessica. Mach Dir keine Sorgen, ich fühle mich hier wohl. Muss nur erstmal richtig ankommen, in meiner neuen Oase ...“

„Oase? Ich würde ja eher Einöde sagen. Verstehe immer noch nicht, warum Du so weit raus und weg vom Geschehen ziehen wolltest! Du hättest hier bleiben sollen. Zur Not hätten wir schon noch eine Ecke für Dich in meiner Wohnung gefunden. So klein ist die nun auch wieder nicht.“

„Ach Katilein, die Einöde, das Haus ... das ist genau das, was ich jetzt brauche – nach dem ganzen Trouble mit Jens. Das hat doch nichts mit Dir zu tun. Etwas Raum für mich, Ruhe und Natur, das wird mich wieder ins Gleichgewicht bringen.“

„Jaja, Du weißt ganz genau, dass ich immer gleich handzahm werde, wenn Du mich so nennst. Na gut, dann will ich Dir das mal glauben. Schließlich hab ich Dir den Link geschickt. Wenn ich Dich schon nicht davon abhalten konnte, das Weite zu suchen, wollte ich Dich wenigstens in einer schönen Umgebung wissen. Es ist so ein hübsches Reihenendhaus. Du hast mir ja noch mehr Bilder gemailt als im Exposé zu sehen waren. Und der Garten ... ein Traum! Eigentlich schade, dass es zur Straße hin liegt. Hast Du den

Vermieter jetzt endlich kennengelernt? Was ist denn nun der Vor- und der Nachname, Hermann oder Wolf?"

„Du überschlägst Dich ja bald. Ich glaube, Wolf Hermann. So müsste es richtig sein. Aber nein, der wohnt doch nicht hier. Helga, seine Verwalterin – früher sagte man noch Hausmeister – also Helga meinte, er komme vielleicht einmal im Jahr, um nach dem Rechten zu sehen. Die übrige Zeit sei sie vor Ort und kümmere sich um die Belange der Mieter."

„Na wenigstens guckt er Dir dann nicht ständig auf den Teller – wie man das von privaten Vermietern häufig hört – und macht Dich auf die Einhaltung der Ruhezeiten aufmerksam oder darauf, dass Du den Rasen mal wieder mähen musst und zu viel Herrenbesuch hast."

„Pfft...genau! Na wenigstens ist der Gärtner im Mietpreis enthalten und wird mit den Nebenkosten abgerechnet. Aber vielen Dank, jetzt hab ich Deinetwegen meinen Cappu über den Küchentisch geprustet."

„Immer wieder gern, Süße. So lange ich Dich nur zum Lachen bringen kann."

„Ja, das muss ich wohl erst wieder lernen ...""

„Das wird schon wieder, jeden Tag ein bisschen."

„Hoffentlich! Morgen werde ich zunächst mal die Gegend erkunden und mir einen schönen Tag machen. Hab ja noch Urlaub."

„Mach das mal. Schade, dass ich Dich nicht begleiten kann. Aber hey, vielleicht solltest Du Dich bei einer dieser Kontaktbörsen im Internet anmelden ..."

„Ach nein, das ist nichts für mich. Außerdem brauche ich noch etwas Zeit und Abstand, um mich und mein Leben neu zu ordnen. Männer kann ich da gerade überhaupt nicht gebrauchen."

„Das verstehe ich gut. Aber so war es auch gar nicht gemeint. Mir wäre nur wohler bei dem Gedanken, dass Du da nicht so allein bist. Man kann doch neue Leute kennenlernen, einfach nur so, ohne gleich an eine wie auch immer geartete Beziehung zu denken."

„Stimmt. Trotzdem ... ich werde mich lieber auf mich zu konzentrieren – und „wir" aus meinem Wortschatz streichen."

„He, nicht ganz, ja?! Mich gibt's schließlich auch noch ..."

„Dafür bin ich auch sehr dankbar! Ich wüsste wirklich nicht, was ich ohne Dich machen sollte."

„Tja, und trotzdem bist Du weggezogen ..."

- - -

„Guten Tag! Einen Tisch für eine Person, bitte! Gern mit Aussicht auf diesen herrlichen Garten."

„Sehr gern. Möchten Sie vielleicht gleich draußen Platz nehmen? Wir haben dort ein ganz besonders schönes Fleckchen mit bestem Blick auf das gesamte Lokal. Dort sitzt sonst zwar immer einer unserer Stammgäste, aber der ist heute noch nicht erschienen."

„Vielen Dank! Aber wenn er noch kommt, muss ich mich wohl woanders hinsetzen?"

„Ich gehe nicht davon aus; es ist ja schon halb zwei ..."

„Okay. Kann ich dann auch gleich bestellen? Ich nehme den Elsässer Flammkuchen und dazu ein Malzbier, bitte!"

„Gern. Darf es sonst noch etwas sein? Eine Vorspeise vielleicht?"

„Nein, danke!"

„Herrlich, dieser Ausblick, nicht wahr?! Oh Verzeihung, ich wollte sie nicht erschrecken. Sie haben gerade so perfekt in die entspannte Atmosphäre hier gepasst. Da musste ich Sie einfach ansprechen. Normalerweise mache ich so was nicht..."

„Natürlich nicht."

„Junge Dame, Sie sind viel zu hübsch, um so schnippisch zu sein – und außerdem sitzen Sie auch noch auf meinem Platz!"

„Ach herrje ... der Kellner meinte, Sie würden heute wohl nicht mehr kommen ... das tut mir leid."

„Jetzt bleiben Sie schon da. Es ist genug Platz für zwei Personen – und viel geselliger, als allein zu speisen."

„Aber ich ..."

„Keine Sorge, Sie stören nicht."

„Sie können wohl Gedanken lesen."

„Hm, mal sehen ... Sie haben Flammkuchen und Malzbier bestellt."

„Ha, Sie sind kein Hellseher, Sie sind ein Hinterderheckesteher!"

„Erwischt! Nehmen Sie es mir nicht übel. Wie sollte ich sonst ein geistreiches und ansatzweise humorvolles Gespräch mit einer Frau beginnen, deren Aura mir den Atem raubt ..."

„Nun übertreiben Sie mal nicht so maßlos! Das wirkt unglaubwürdig. Ach, jetzt weiß ich's: Sie wollen mich wohl nur auf den Arm nehmen!?"

„Nein, ich bin zwar ein wenig aus der Übung, aber Sie faszinieren mich auf eine unerklärliche Art und Weise, vom ersten Moment an."

„Sie schmeicheln mir. Ich ... äh ... oh, das Essen kommt schon."

„Sie klingen ja fast erleichtert ..."

„Guten Appetit, Herr ..."

„Lassen Sie es sich schmecken, Sie bezauberndes Wesen!"

„Sie möchten mir also nicht sagen, wie Sie heißen?"

„Ist doch viel spannender, wenn wir diesen Tag – und sei es nur zum Mittag – gemeinsam genießen und nichts voneinander wissen, nicht mal den Namen. Wenn das Schicksal es für richtig hält, dass wir uns wiedersehen, wird das schon geschehen..."

„Aha. Ganz ehrlich? Ich weiß nicht, ob ich Sie für einen hoffnungslosen Romantiker einer aussterbenden Rasse, für einen harmlosen Spinner halten oder ob mir das Angst machen sollte."

„Das überlasse ich ganz Ihnen, wenn Sie sich auf das Spiel einlassen."

„Welches Spiel?"

„Wir sind schon mittendrin …"

„He, warten Sie! Sie können mich doch jetzt nicht einfach so hier sitzen lassen …"

- - -

„Katja Peters, nun krieg Dich wieder ein! Ich hab diesen Typen seitdem nicht wieder gesehen. Vielleicht war er nur'n Touri, der sich einen Scherz erlaubt hat."

„Na hoffentlich. So wie Du das erzählt hast, klang es wirklich unheimlich. Vor allem, als er zum Ende hin mit diesem fiesen Tonfall noch mal eine extra mysteriöse Stimmung geschaffen hat."

„Nun mach Dir mal nicht ins Hemd. Wir sind hier doch nicht in Hollywood."

„Ja, schon gut. Aber versprich mir trotzdem, vorsichtig zu sein, hörst Du!"

„Na klar, kennst mich doch. – Übrigens klappt das super mit der Skype-Verbindung. Gut, dass Du mich dazu überredet hast."

„Überreden ist gut, ich musste Dich ja fast nötigen. Ha, da muss ich selber lachen. Aber so können wir uns wenigstens sehen, wenn Du schon am Arsch der Welt wohnen willst …"

„Nun sei doch nicht mehr sauer, Katilein. Ich musste einfach weg, was Neues erleben … Das war nicht persönlich gegen Dich."

„Siehst ja, was Du davon hast: der erste Typ, der Dir über'n Weg läuft, ist gleich ein Psycho!"

„Es ist doch nichts passiert! Er hat sich nen kleinen Spaß erlaubt, mehr nicht. – Oh warte, es hat an der Tür geklingelt …"

„Hab's gehört. Mach ruhig auf, ich bleib so lange auf Deinem Schreibtisch sitzen …"

„Du Ulknudel! Bin gleich wieder da."

„Wow, was für ein schöner Blumenstrauß – und so üppig. Da hast Du wohl jemandem den Kopf verdreht, jemandem, mit Stil und viel Geld. Wo ist denn der Verehrer? Hast Du ihn nicht hereingebeten? Ach, Du willst ihn wohl vor mir verstecken und er ist noch in der Küche, was?!"

„Nein, den hat die Verwalterin gebracht. Sie meinte, der wäre fälschlicherweise bei ihr abgegeben worden. Komisch…ihr Haus steht doch ganz am Ende und ich war den ganzen Tag zu Hause."

„Das ist wirklich seltsam. Der Bote würde wohl eher etwas am ersten Eingang abgeben, bevor er freiwillig zu weit laufen müsste. Oh nee, und wenn der von Deinem Ex ist?! Quasi als Entschuldigung für sein komplettes Fehlverhalten."

„Ach was, das glaubst Du doch selbst nicht! Außerdem weiß Jens gar nicht, wo ich jetzt wohne …"

„Zum Glück! Sei bloß froh, dass Du den los bist. – Ist denn wenigstens eine Karte dabei?"

„Warte, ich schau mal …"

„Man, der ist echt unglaublich groß … ich sehe Dich gar nicht mehr. Wenn mir mal jemand Blumen schenkte. Ich gäbe mich auch mit einem billigen, kleinen Tankstellen-Strauß zufrieden."

„Da, tatsächlich, eine Karte: *Für das bezaubernde Wesen, dessen Aura mir den Atem raubt* … Oh mein Gott, der Strauß ist von diesem Kerl aus dem Restaurant! Woher weiß der denn, wo ich wohne, um Himmels Willen?"

„Der ist Dir bestimmt gefolgt. Scheiße! Ruf sofort die Polizei an!"

„Und was soll ich denen bitte sagen? Hilfe, ich hab einen Blumenstrauß bekommen?! Die lachen mich doch aus."

„Hm, kann sein. Aber warum gibt er den bei Deiner Hausmeisterin ab? Er hätte doch gleich selbst bei Dir klingeln können, um Dich wiederzusehen."

„Vielleicht möchte er geheimnisvoll bleiben und sich damit interessant machen oder er ist schüchtern? Wer weiß schon, was in Männerköpfen so vorgeht …"

„Steht denn ein Name auf der Karte oder irgendein Hinweis auf die Identität des Absenders?"

„Nein, aber auf der Cellophanhülle ist ein Aufkleber des Blumenladens angebracht. Ich rufe dort gleich mal an. Willst Du solange in der Leitung bleiben? Dann nehme ich mein Handy …"

„Ja klar, ich lasse Dich doch jetzt nicht allein. Außerdem bin ich auch neugierig, was die sagen. Wie gut, dass Du den Mobilfunkanbieter gewechselt und den Partnervertrag mit Jens gekündigt hast. Für so ein tolles Smartphone mit dem ganzen Schnickschnack brauchst Du wirklich einen guten Allnet-Flat-Tarif."

„Genau. Aber das war auch wieder so ein Ding. Ich hab doch alles online bestellt, wie wir es besprochen hatten. Und es wurde prompt doppelt geliefert – das Erste bereits zwei Tage später, das Zweite erst nach eineinhalb Wochen. Als ich da angerufen habe, wussten die nichts von zwei Lieferungen! – Warte, ich hab ein Freizeichen …"

„Flowerpower. Eva am Apparat. Welches Sträußchen hätten Sie gern?"

„Guten Tag! Jessica Krämer. Ich habe eine Frage zu dem Strauß, der heute zur Dorfstraße 4f geliefert wurde …"

„Sind Sie nicht zufrieden mit ihren Lieblingsblumen, Frau Schmidt? Ihr Mann sagte, Sie wären da sehr eigen …"

„Mein bitte was? Ich bin nicht verheiratet! Im Übrigen ist mein Name nicht Schmidt, sondern Krämer."

„Das wird ja immer abenteuerlicher!"

„Warte, Katja! Ich spreche noch mit dem Blumenladen …"

„Stimmt etwas nicht, Frau Schmidt?"

„Eva, richtig?! Warum gibt es in diesem Kaff eigentlich keine Nachnamen?! Na wie dem auch sei… Können Sie mir bitte den Mann beschreiben, der den Auftrag erteilt hat?"

„Katja, Du wirst es nicht glauben. Sie hat einfach aufgelegt. Ich rufe gleich noch mal an ...“

„Flowerpower. Leider rufen Sie außerhalb unserer Geschäftszeiten an. Wir sind montags bis freitags von 10:00 bis 18:30 Uhr und samstags bis 14:00 Uhr für Sie da, um Ihre floralen Träume zu binden.“

„Na toll, nur der Anrufbeantworter!“

„Wie kann denn das sein? Du hast doch gerade noch mit einer Dame telefoniert.“

„Keine Ahnung, vielleicht war ich etwas zu schroff oder hab die falschen Fragen gestellt. Hey, ich hab eine Idee: Rufnummernunterdrückung. Immerhin sollten sie laut Ansage noch geöffnet haben ...“

„Flowerpower. Eva am Apparat. Welches Sträußchen hätten Sie gern?“

„Krämer. Sie haben meine Frage nicht beantwortet.“

„Kein Problem, Frau Schmidt, das passiert mir auch ständig, dass ich auf die Wahlwiederholung komme. Schönen Tag noch für Sie!“

„Verstehe, Sie können wohl nicht offen reden?! Dann kommen Sie doch nach Feierabend zu mir. Meine Adresse haben Sie ja.“

„Das geht nicht. Zu gefährlich ...“

„Sie flüstern so leise, ich kann Sie kaum verstehen. Was meinen Sie, Eva? Was ist gefährlich?“

„Ich kann jetzt nicht. – Ja, genau Frau Schmidt, bis nächste Woche dann …"

„Schon wieder aufgelegt. Das war ja merkwürdig. Bist Du noch da, Kati?"

„Erzähl schon. Was hat sie gesagt?"

„Sie hat nur gemurmelt, dass es zu gefährlich wäre, hierher zu kommen."

„Wie, zu gefährlich? Aber dann weiß sie doch was …"

„Ja, aber was soll sie denn wissen? Ich bin doch keine Spionin oder so was. Und den Typen kenne ich auch nicht. Sie hat aufgelegt, als ich nach seiner Beschreibung gefragt habe."

„Wenigstens weißt Du jetzt, dass Du es nicht auf die leichte Schulter nehmen solltest. Vielleicht sperrst Du Dich besser ein. Hast Du nicht auch Außenjalousien?"

„Ja, das war mir wichtig, wenn ich schon allein in ein Haus ziehe …"

„Dann lass alle runter und schließ sämtliche Türen ab! Die Kellertür nicht vergessen – und lass die Schlüssel von innen schräg stecken!"

„Es ist gerade mal halb fünf und noch hell draußen. Wie sieht denn das aus? Außerdem möchte ich jetzt wissen, was los ist. Ich gehe zu dem Blumenladen und passe die Floristin nach Feierabend ab."

„Bist Du verrückt? Vielleicht wartet der Kerl da irgendwo um die Ecke. Oder er war gerade im Laden, als Du angerufen hast. Warum sollte sie sonst geflüstert haben? Hu, am Ende ist es gar der

Inhaber, der Dir die Blumen geschickt hat … Sagtest Du nicht, dass Du dort neulich eine Topfpflanze für Dein Wohnzimmer gekauft und Dir Inspirationen für den Garten geholt hast?! Vielleicht hat er Dich ja dabei beobachtet … Kein Wunder, Du bist schließlich eine tolle Frau! Oh, warte: hast Du etwa mit Karte bezahlt?"

„Nein, bar. Aber den Besitzer hätte ich doch wohl erkannt. Immerhin stutzt er bei uns alle Hecken und kümmert sich um die individuelle Bepflanzung, je nach Wunsch der Mieter. Das war definitiv nicht der Mann im Restaurant."

„Und wenn er Dich da mit dem schmierigen Charmeur gesehen und Euer Gespräch mit angehört hat?"

„Hm, könnte sein. Vielleicht ist er da ja auch als Gärtner engagiert. Die Außenanlage ist wirklich wunderschön und professionell gepflegt."

„Siehst Du, so abwegig ist das gar nicht. Dann hätte er genau hören können, was der Unbekannte Dir gesagt hat und brauchte das nur noch auf das Kärtchen zu übertragen. Außerdem wäre es für ihn ein Leichtes so einen bombastischen Strauß anzufertigen, ohne ein Vermögen dafür hinblättern zu müssen."

„Ja, ok. Aber warum sollte das gefährlich sein für seine Angestellte, wenn sie darüber spricht?"

„Vielleicht würde er sie sofort entlassen."

„Stimmt, das könnte natürlich sein. Dann brauche ich mir also keine Sorgen zu machen."

„Wir sollten weniger Krimis im TV gucken …"

„Na, ich werde trotzdem noch mal hingehen und mir die Leute genauer anschauen. Vielleicht ergibt sich dabei die Gelegenheit, mit einem der Beiden zu sprechen, und alles klärt sich auf. Aber vorher nehme ich noch ein heißes Entspannungsbad ..."

- - -

„Katja, Du kannst Dir nicht vorstellen, was passiert ist ..."

„Hey, beruhige Dich erst einmal. Jetzt ganz langsam und von vorn."

„Da sitze ich in meiner schönen, neuen Wanne mit wohlriechendem Badeöl, einem Gläschen Prosecco und leiser Musik, ganz chillig ... Klingelt's plötzlich Sturm und es hämmert wie wild gegen meine Haustür. Verwalterin Helga schrillt: „Frau Krämer, Frau Krämer! Ist bei Ihnen alles in Ordnung?" Ich versuchte, sie zu ignorieren, drehte die Musik ein klein wenig lauter, gerade nur so viel, dass man's draußen vermutlich noch nicht hören konnte, schloss die Augen und dachte, sie ginge schon wieder. Weit gefehlt. Plötzlich stand sie vor mir im Bad, einfach so, und starrte mich an!"

„Waaaas?"

„Ja, vor Schreck bin ich erstmal untergetaucht und hab mich am Wasser verschluckt ..."

„Das glaube ich Dir! Und was wollte sie? Ich meine, wie kommt sie dazu, einfach in Dein Haus zu gehen?"

„Sie meinte, es habe einen *stillen Alarm* gegeben, es würde in meinem Haus brennen."

„Wie, stiller Alarm?"

„Alle Häuser sind mit modernen Rauchmeldern ausgestattet, die wohl noch vor dem richtigen Alarm eine Rauchentwicklung in der Zentrale anzeigen sollen. So genau weiß ich das auch nicht. Jedenfalls habe sie so einen Notfall bei mir bemerkt. Und als sie keine Rückmeldung bekam, befürchtete sie, ich sei bereits ohnmächtig."

„Ok, aber warum hat sie dann nicht die Feuerwehr gerufen? Ach das wird bestimmt automatisch weitergeleitet, oder?!"

„Ja, genau. Jedenfalls hat sie mir das so erklärt. Aber dann hätte die Feuerwehr doch anrücken müssen, nicht wahr?! Die kam aber nicht. Der Fehlalarm ist offenbar nur bei der Verwalterin aufgetreten."

„Hast wohl zu heiß gebadet und die ach so moderne Technik hat den Dampf etwas fehlinterpretiert, was?!"

„Haha, Du nun wieder. Findest Du das denn nicht merkwürdig? Vor allem, dass die Zentrale offenbar in ihrem Haus stationiert ist und nicht bei den Profis der Berufsfeuerwehr."

„Nach den jüngsten Ereignissen bist Du jetzt wahrscheinlich etwas übersensibilisiert. Ich finde es sehr aufmerksam, dass sie sofort bei Dir auf der Matte stand."

„Schon ..."

„Stell Dir vor, es wäre wirklich etwas passiert. Dann hätte sie Dir wohlmöglich das Leben gerettet. Sie sollte einen Orden bekommen."

„Oder einen Blumenstrauß. A propos ... ich muss dann mal los."

„Na gut, dann drücke ich Dir mal die Daumen, dass sich wenigstens der Blumengate aufklären lässt."

- - -

„Frau Krämer, was machen Sie denn hier? Verdammt, Sie dürften gar nicht hier sein!"

„Dann sind Sie wohl Eva?! Woher wissen Sie überhaupt, wer ich bin und wie ich aussehe? Als ich neulich hier war, hat mich eine andere Verkäuferin bedient."

„Das ... äh ... war bestimmt die Frau des Chefs. Wir sind hier nur zu dritt."

„Aha. Und warum sollte ich nicht hier sein dürfen? Das ist doch wohl ein ganz normales Blumengeschäft. Ich kann mich jedenfalls nicht erinnern, Hausverbot zu haben!"

„Shhht, Frau Krämer, wenn Sie einfach wieder gehen, ohne Fragen zu stellen, kann ich vielleicht noch das Überwachungsband überspielen und niemand wird je erfahren, dass Sie hier gewesen sind ..."

„Warum sollte man das denn nicht wissen dürfen? Ich bin doch eine ganz normale Kundin."

„Bitte, ich kann Ihnen nichts sagen. Gehen Sie, schnell!"

„Was sonst? Verlieren Sie Ihren Job? Was ist denn so schlimm daran, wenn Sie mir sagen, wer den Blumenstrauß in Auftrag gegeben hat?"

„Wir haben eben eine Verpflichtung unseren Kunden gegenüber und wenn dieser anonym bleiben möchte, ist das eine Serviceleistung, die wir einhalten müssen. Das spricht sich doch rum. Unser Ruf ist nun mal unser Kapital."

„Nun hören Sie doch auf, mir Märchen aufzutischen. Warum wollen Sie dann das Überwachungsvideo löschen, wenn es angeblich um den Schutz eines Kunden geht?"

„Jessica, ich kann Ihnen wirklich nicht mehr sagen. Bitte forschen Sie nicht weiter nach – in Ihrem eigenen Interesse!"

„In meinem eigenen Interesse? Mein Interesse besteht darin, zu erfahren, wer mir die Blumen geschickt hat, und warum es in meinem Interesse sein soll, dass ich genau das *nicht* erfahre."

„Schon gut, schon gut. Der Blumenstrauß … na jaaa … das ist so eine Art Begrüßungsgeschenk. Den bekommt jede neue Einwohnerin. Aber ich kann Ihnen nicht sagen, warum."

„Netter Versuch! Warum stand dann auf der Karte dieses Zitat?"

„Zitat?"

„Ja, von dem Herrn, der angeblich Stammgast in dem Restaurant mit dem wunderbaren Garten sein soll. Er machte mir …"

„Wir haben hier eh nur das eine Restaurant."

„Darum geht's doch jetzt gar nicht. Wenn Sie mich bitte ausreden lassen ..."

„Entschuldigung, aber ich weiß nichts von einem Zitat, auch von keinem Stammgast. Ich kann Ihnen nicht helfen. Freuen Sie sich einfach über die Blumen, genießen Sie den Duft und die Farben…"

„Eva, bitte! Ich sage auch niemandem, dass Sie mir etwas verraten haben, wirklich nicht!"

„Puh … Sie sind echt hartnäckig."

„Ich weiß. Aber versetzen Sie sich doch mal bitte in meine Lage …"

„Na schön. Ich kann Ihnen nur raten, meinen Anweisungen zu folgen. Es ist nämlich alles streng geheim. Und wenn Ihnen Ihre Privatsphäre lieb und teuer ist, dann gehen Sie, ziehen Sie weg von hier, lieber gestern als heute!"

„Ich verstehe nicht …"

„Tun Sie's einfach. Stellen Sie keine weiteren Fragen. Vergessen Sie den Mann im Restaurant, die Blumen mit der versteckten Botschaft. Packen Sie schnellstmöglich Ihre Sachen, bestenfalls im Dunkeln. Schalten Sie kein Licht an. Lassen Sie Ihr Handy hier und vor allem: sagen Sie niemandem, dass Sie weggehen oder je hier gewohnt haben. Niemandem, hören Sie! Vergessen Sie diesen Ort!"

„Jetzt machen Sie mir aber wirklich Angst!"
„So lange Sie sich daran halten, wird auch nichts passieren. Versprochen!"

- - -

Sehr geehrte Frau Peters,

vielen Dank für die Vermittlung Ihrer Probandin, Frau Jessica Krämer, zum Testdurchlauf unseres neuen Pilotprojekts „Single Lady Safety Home" der Homewatch Security GmbH in unserem eigens dafür errichteten 1200 Seelen-Dorf. Dank Ihrer Mithilfe sind einige Mängel aufgedeckt worden, die wir schnellstmöglich beheben werden, wie bspw. das Beschlagen der in den Rauchmeldern installierten Kameras bei Dampfentwicklung (heißes Schaumbad, Kochen etc.). Hier werden wir nachträglich dezentrale Lüftungsanlagen mit automatischer Klimatisierung, sowie Dunstabzugshauben in all unseren Immobilien nachrüsten; ebenso Wärmebild-/Infrarotkameras, um eine gute Sicht bei schlechten Lichtverhältnissen (z. B. nachts) gewährleisten zu können.
Zur Vermeidung doppelter Lieferungen bei Bestellungen elektronischer Geräte, die über das Internet erfolgen, müssen wir zukünftig schneller reagieren, und Stornierungen bei den jeweiligen Unternehmen umgehend abwickeln. Denn der Einsatz unserer entsprechend präparierten Haushalts- und Gebrauchsgegenstände, welche mit

Kameras, Mikrofonen, GPS etc. ausgestattet sind, ist unumgänglich. Nur so können wir eine lücken- lose Beobachtung mit Schutzgarantie durchfüh- ren.

An dieser Stelle möchten wir uns noch einmal für Ihr Engagement zur Vernetzung via Skype bedan- ken. Die Überwachung per Webcam, welche wir nach erstmaliger Aktivierung jederzeit ein- bzw. ausschalten können, ermöglicht uns eine flächen- deckendere Kontrolle.

Ein weiteres, sehr entscheidendes Manko jedoch stellt offenbar die Auswahl der Komparsen dar, welche entweder kein schauspielerisches Talent besitzen oder der Geheimhaltungsklausel aus un- bekannten Gründen nicht nachkommen.

Aus gegebenem Anlass möchten wir Sie daher auch noch einmal an Ihre vertraglich zugesicher- te Verschwiegenheit erinnern und Ihnen abschlie- ßend mitteilen, dass wir Ihre Mitarbeit mit einem zusätzlichen Bonus vergütet und die Überweisung heute getätigt haben.

Mit freundlichen Grüßen

i. A. Helga Hansen

Wolf Hermann
Homewatch Security GmbH

- - -

„Na das muss ja eine schöne Nachricht gewesen sein, so wie Du lächelst, Kati."
„Ach Jessi, ich freue mich einfach, dass Du wieder da bist und nun bei mir wohnst …"

(Psychonymous – Verzogen, chiliverlag, 2015, S. 47-61, ISBN 978-3943292312)

Die 3 Arten der Diarrhoe

(Warnung: lebensnahe Satire!)

Dies ist wirklich ein heikles und wohl auch etwas unappetitliches Thema. Wahrscheinlich wird niemand gern darüber sprechen oder sich zu Recht fragen, ob man überhaupt darüber schreiben und es gar veröffentlichen sollte.

Nun, sofern wir zum Zeitpunkt des Lesens nicht unmittelbar davon betroffen sind, können wir es ruhig mit einem Augenzwinkern betrachten.

Wie der Titel schon besagt, gibt es drei Arten, wie der gemeine Durchfall zu Tage treten kann. Diese drei können natürlich ein wenig variieren und besitzen hier und da die eine oder andere Unterart, aber letztlich bleibt es bei dem Trio.

Da wäre zunächst einmal „der Quälende".

Dieser ist mit Abstand der Sadistischste von allen. Meistens kommt er in der Nacht. Natürlich immer genau dann, wenn wir sowieso schon sehr müde in unser Nachtlager gefallen sind. Kaum haben wir uns zu vorgerückter oder überaus später Stunde schön warm eingekuschelt und lassen uns gerade von einer ersten Entspannungswelle einlullen, machen sich die ersten, wenngleich noch zarten Anzeichen bemerkbar. Es grummelt und rumort, manchmal wird dies auch von einer zunächst nur leichten Übelkeit begleitet. Schnell wird eine Seitenlage eingenommen, in der Hoffnung, es läge ganz bestimmt nur an der Tatsache, dass sich der Magen öfter mal umdreht, sobald man auf dem Rücken ruht. Wir versuchen, uns zu beruhigen und an irgendetwas anderes zu denken. Egal woran, nur an nichts, was dem Wanst missfallen könnte. *Es wird schon gut gehen*, reden wir uns ein. So liegen wir ganz still und regungslos. Bloß nicht bewegen!

Haben wir es nach einer unendlich langen Weile tatsächlich geschafft, einzuschlafen, ist dieser Zustand garantiert nicht von nachtumfassender Dauer. Manch einem gelingt es sogar, die Äuglein ein oder maximal zwei Stunden zu schließen – obwohl es andererseits ebenso Pech bedeuten könnte. Immerhin hätte man das ganze Theater bereits hinter sich haben und mittlerweile in die tiefsten „analen" der Traumwelt abgetaucht sein können, wäre Herr Darm ein bisschen entschlussfreudiger. Nein, jetzt schlägt er erst so richtig zu. Poltern, grummeln, boxen, krampfen – und furchterregend laute Geräusche. Ja, das macht ihm regelrecht Spaß. Aufgeschreckt tritt man im Laufschritt den Gang nach Canossa, in dem Fall zum Klosett, an (falls man sich nicht ohnehin schon dort aufgehalten hat - aus reiner Vorahnung oder Erfahrung, dass der Showdown nicht mehr lange auf sich warten lässt). Meistens ist es dann ganz schnell vorbei. Noch ein paar fiese Krämpfe zum Schluss und dann – blubb! – das war's. Sofort breitet sich Entspannung im Bauchbereich aus, sodass wir uns unweigerlich die Frage stellen, warum das nicht schon eher möglich gewesen ist. In der Regel traut man dem viel zu schnell gewonnenen Frieden nicht und verweilt noch die eine oder andere Minute bis halbe Stunde oder, in ganz schlimmen Ausnahmefällen, sogar eine ganze. Während so die Zeit vergeht, überlegen wir, was tags zuvor wohl falsch gemacht beziehungsweise gegessen wurde. Meistens bleibt diese Überlegung jedoch ergebnislos.

Manchmal zieht eine latente Kälte durch die Knochen. Ganz bestimmt werden wir dabei von einer ansteigenden Ermüdung erfasst, auch die Beine. Bevor wir „gemütlich" auf der Toilette einschlafen können, beginnt der Fuß zu kribbeln. Zuerst nur sanft, sehr bald ein wenig mehr. Mit Glück nur der eine. Irgendwann zieht es schmerzhaft am Bein empor. Spätestens jetzt sollten wir uns einfach trauen und nach einer gründlichen Säuberung zurück ins kuschelige Bettchen schleichen. Hat sich in der letzten dreiviertel Stunde nichts mehr getan, bleibt es höchstwahrscheinlich so. Also kehren wir diesem unbehaglichen Aufenthaltsort den Rücken und müssen dann oft feststellen, dass es draußen bereits wieder hell wird und die Vögel schon ihr allmorgendliches Konzert beginnen. Eine sehr erholsame Nacht …

Dann hätten wir da noch „Räuber Hotzenplotz". Überfallartig durchfährt er uns, mit einem urplötzlich auftretenden, unglaublich stechenden, heftigen Schmerz, der sich rasant steigert (obwohl es unsere Vorstellung übersteigt, dass dieser soeben eingetretene Stich noch schlimmer werden kann). In Millisekunden schießt eine deutlich spürbare, warme Masse durch unseren Unterleib und drängt energisch fordernd gegen den Ausgang. Natürlich geschieht so etwas immer genau dann, wenn wir gemächlich schlendernd durch die Stadt bummeln. Abrupt in die Realität zurückgeholt, greifen wir reflexartig an den krampfenden Bauch; blicken mit vor Entsetzen weit aufgerissenen Augen panisch von rechts nach links, von links nach rechts und hören nicht auf, uns so auffallend paranoid zu benehmen. Die Erklärung ist schnell erzählt: „Klo! Wo ist das verdammte, nächste Klo?" Fix rasen die Gedanken durch den Kopf: *Was mach' ich jetzt? Wo geh' ich hin? Schaff' ich's noch bis nach Hause? Oder versuch' ich im nächsten Laden mein Glück? Ob die Toilette da auch sauber ist? Was mach' ich jetzt? Wo geh' ich hin?*

Zum Glück haben wir in unserer Kindheit gelernt, unseren Schließmuskel einigermaßen zu kontrollieren. Doch all die Selbstbeherrschung bringt hier wenig, denn es wird immer schwerer, alles im Zaum zu halten.

Wie dieser Überfall sein jähes Ende nimmt, ist recht variabel. Die einen stürzen ins nächste Geschäft und scheren sich nicht darum, was sie dort an Sauberkeit und Hygiene erwartet, weil der Druck schlicht zu groß ist. Andere haben vielleicht in der Nähe einen Verwandten oder Bekannten wohnen, dessen Örtlichkeit sie beschmutzen können. Einige schaffen es sogar noch bis nach Hause - vorausgesetzt, dieses ist nicht *zu* weit entfernt. Leider besteht aber nicht immer die Möglichkeit, sich dort zu entleeren, wo es eigentlich vorgesehen ist. So findet man hier und da ein paar Schandflecken und denkt im Vorbeigehen, ob die Hundebesitzer nicht vielleicht so nett sein könnten, den Dreck ihrer geliebten Vierbeiner zu entfernen.

Schlussendlich kommen wir zu „dem Schleicher".
Hiervon gibt es zwei Varianten: den „hups-aber-noch-mal-Glück-gehabt-Schleicher" und den „oh-mein-Gott-" oder auch „ach-du-scheiße-Schleicher". Widmen wir uns vorerst dem „Glücklichen".
Dieser ist wohl insgesamt der Liebste. Über ihn kann man nicht viel Schlechtes berichten. Er erscheint ausschließlich in der absolut sichersten Situation. Nämlich nur dann, wenn wir sowieso gerade auf dem WC sitzen und unser Geschäft verrichten wollen. Alles ist völlig normal. Doch Überraschung ... blitzartig ist er da – ohne Ankündigung, ohne Schmerzen – einfach so. Hallo, da bin ich. Wir wundern uns noch, wie, warum, woher er kam. Aber so schnell er aufgekreuzt war, so schnell ist er auch wieder verschwunden. Hiernach können wir völlig ruhigen Gewissens sofort wieder zur Tagesordnung übergehen.

Wenn nur jeder Besuch sich so verhalten würde ...

Aber der fieseste und niederträchtigste der Dreier-Gruppe ist der zweite aus dieser Kategorie. Er verhält sich zunächst ähnlich wie sein wohlgeratener Bruder, doch ist er eher das schwarze Schaf der Familie. Er kündigt sich ebenfalls nicht an. Das haben sie gemein. Jedoch entrinnt er nicht auf dem stillen Örtchen.

Es liegt nun mal in der Natur des nahrungsaufnehmenden Menschen, dass sich in seinem Inneren gewisse Gase bilden. Gelegentlich überkommen uns diese dann auch in nicht ganz so angemessenen Situationen, wie beispielsweise bei zuvor benanntem Einkaufsbummel. In der Menge und bei dem völlig sorglosen Gefühl, das dies sicher leise vonstatten gehen wird, entlässt der eine oder andere von uns die Flatulenzen schon mal in die freie Wildbahn. Und was soll ich sagen? Sie ahnen es bestimmt bereits. Genau: „Ach-du-scheiße"! Da widerfährt einem das Unvorstellbarste. Man hat sich wie ein Säugling in die Hose „gefratzt".

Das ist an Peinlichkeit und Unbehagen wohl kaum zu überbieten.

Wecke nicht den schlafenden Hund

„Sehen Sie sich die Fotos doch bitte noch einmal genauer an. Die Kätzchen sind allesamt Blacktabby/white, besitzen also eine gestromte Fellfarbe mit weißer Zeichnung um Näschen und Pfoten."

„Haben Sie denn Beweise für Ihre Behauptung? Es tut mir leid, Frau Richter, aber so lange die fehlen, kann ich da leider nichts machen ..."

„Ich dachte, für deren Erbringung wären Sie und Ihre Kollegen zuständig, Herr Meyerhoff!"

„Schon, aber Sie können doch nicht einfach mit wilden Theorien um sich werfen und unschuldige Menschen bezichtigen!"

„Unschuldig? Sie wissen doch genau, dass das nicht stimmt. Keiner von denen ist frei von Schuld – und jedem Einzelnen ist diese schändliche Tat zuzutrauen."

„Zunächst einmal wissen Sie überhaupt nicht, dass irgendein Tatbestand gleich welcher Art vorliegt, Sie vermuten es lediglich. Außerdem handelt es sich nicht um vermisste Menschen, sondern nur um ein paar Katzen. Sie sollten ein wenig vorsichtiger sein, sonst könnten Sie wegen Rufmords angezeigt werden, Frau Richter!"

„Wer sollte mich anzeigen? Sie etwa?"

„Nun werden Sie aber nicht unverschämt!"

„Herr Meyerhoff, wir wissen doch beide ... nein, das ganze Dorf weiß, dass diese drei Herren Dreck am Stecken haben. Nur sagen darf man es nicht, jedenfalls nicht laut und öffentlich. So sieht es doch aus."

„Auf leise Vermutungen hin kommen wir nicht weiter, Frau Richter. Liefern Sie uns einen stichhaltigen Hinweis, dann können wir noch mal reden ... Ach und wenn ich Ihnen noch einen Rat mit auf den Weg geben darf: Kaufen Sie sich ein paar neue oder domestizieren Sie Wildtiere, davon gibt's hier doch eh viel zu viele. Obwohl ... in letzter Zeit ja nicht mehr so ... Ist Ihnen das auch schon aufgefallen?"

Carmen Richter fehlten die Worte. Sie verließ die Dienststelle der örtlichen Polizei mit einem grummelnden Bauch und vor Wut gekräuselter Stirn, die Augen zusammengekniffen und den Mund in Schmollfalten gelegt. Warum war sie nur so überrascht, dass sie hier keinen Erfolg erzielte? Dass dieses Gespräch so enden würde, war ihr eigentlich schon klar, bevor sie sich überhaupt auf den Weg gemacht hatte. Mit einer Sache hatte Meyerhoff aber Recht: Die Anzahl streunender Katzen nahm wirklich deutlich ab – und nicht nur die. Niemand traute sich, den Mund aufzumachen, geschweige denn, etwas gegen das mysteriöse Verschwinden der eigenen Haus- oder Nutztiere zu unternehmen.

In den vergangenen Wochen machte Carmen sich mehrfach auf die Suche nach ihren drei Kätzchen. *Echte Freigänger bleiben schon mal länger unterwegs,* hatte sie sich immer wieder zu beruhigen versucht. Auch Frank, ihr Ehemann, bekräftigte sie darin. Doch als Püppi selbst am nächsten Morgen nicht nach Hause kam, befürchteten beide das Schlimmste. Tage- und nächtelang hatten sie die Gegend abgesucht, als das erste Kitten sich Ende Februar vermeintlich verirrte, hatten nach ihr gerufen, sie mit Leckereien zu locken versucht. Nichts half. Püppi kam nicht mehr nach Hause.

Zu diesem Zeitpunkt dachte Carmen noch, Püppi hätte sich vielleicht in einem der alten Schuppen oder in einer Scheune ein neues, kuscheliges Winterdomizil gesucht, wäre flügge geworden und hätte schlicht das mütterliche Nest verlassen. War sie wirklich nur entlaufen oder – nicht auszudenken – im nahegelegenen Wald in eine mit Schnee bedeckte Tierfalle getapst? Was auch immer geschehen war, die Hoffnung blieb, dass es ihr irgendwo gutging.

Als sich die Szene Monate später, die Wiesen waren bereits hochgewachsen und die Felder gerade mit Mais ausgesät, wiederholte, und auch noch die Geschwister Whisky und Sherry innerhalb von drei Tagen unauffindbar waren und nie mehr gesehen wurden, wurde gewiss, dass es kein Zufall gewesen sein konnte. Sie waren nicht bloß weitergezogen, nicht alle drei. Immer stärker wuchs der schreckliche Verdacht, einer ihrer Nachbarn könnte etwas damit zu tun gehabt haben. Zuzutrauen wäre es nicht nur einem. Gerüchte hielten sich schon lange, dass der alte Jäger Hans Keller alles Leben in seiner Nähe verschwinden ließ, auf bislang ungeklärte Art und Weise. Nach-gewiesen wurde ihm das nämlich nie, da weder Ka-daver noch andere sterbliche Überreste je gefunden wurden. Obwohl beinahe ganzjährig Rauch aus den Schornsteinen des Haupthauses und der Nebengebäude aufstieg, verwahrloste sein Hof zusehends. Wegen einer psychischen Erkrankung war er nicht mehr in der Lage, ihn zu bewirtschaften. Zeit genug hätte er auf Grund seiner Arbeitslosigkeit zwar gehabt, doch machte es ihm seine Medikamentenab-hängigkeit unmöglich. Ob sein Geisteszustand hierdurch bedingt war oder er die Pillen brauchte, um nicht vollends durchzudrehen, ist wie die Frage, ob das Huhn oder das Ei zuerst kam. Ebenso, ob er seine Lohntätigkeit verlor, weil er mentale Probleme hatte oder deren Auswirkungen zu seiner Entlassung führten. Zum Glück verbot man ihm irgendwann, ein Auto zu führen, und auch der Jagdschein wurde ihm entzogen. Was ihn jedoch nicht davon abhielt, weiterhin dieser Passion nachzugehen. So erzählte man es sich zumindest hinter vorgehaltener Hand. Es schien, als hätten alle Angst vor ihm, dem knorrigen, alten Kauz, dem man nur von Weitem begegnen wollte – und nicht mal dann. Auf seiner Veranda lehnte stets ein Gewehr an der Hauswand, wie ein Klischee aus frühen Wildwestfilmen. Die ab-schreckende Symbolik verfehlte ihre Wirkung nicht. Jeder befürchtete geringstenfalls einen Schuss ins Bein, kam man an seinem Haus vorbei. Da alle davon ausgingen, dass es sich um eine geladene, scharfe Waffe handelte, und der Unzurechnungsfähige jederzeit bereit, sie zu benutzen, mied man diese Gegend weitläufig. Beim zufälligen Nachbarschaftsplausch auf der Straße tuschelte man nur mit zusammengesteckten Köpfen, warum die Polizei nichts unternahm. Schließlich war man sich einig, dass ihm allein der bloße Besitz mit dem Wegfall der Lizenz gesetzlich untersagt worden war. Allerdings kannte sich niemand mit dem Waffengesetz aus – und offiziell wurde nie etwas bestätigt, nur gemunkelt. Der eine oder andere Eingeweihte wusste aber immer noch ein neues Schauermärchen zu erzählen. "Hast Du das gehört?", "Wusstest Du schon ...". Ob darin ein Fünkchen Wahrheit zu finden war, wie in jedem Gerücht? Wenigstens hatte Keller so seine Ruhe.

"Vielleicht ist er auch nur ein einsamer, alter Wolf ..."
"Ja, ein Wolf, der kleine Kätzchen frisst!"
"Ach Carmen, das weißt Du doch nicht. Es könnte auch ein ganz Anderer dahinterstecken. Paul Sattler zum Beispiel. Diesem profitsüchtigen Bauunternehmer konnte ich sowieso noch nie aufs Fell gucken. Spätestens seit der Sache mit den Bretterschlägen ..."
"Erinnere mich bloß nicht daran, Frank! Dafür könnte ich heute noch Kellers Flinte nehmen und dem Sattler zeigen, was ich von ihm und dieser

abartigen Aktion halte. Unsere armen Pferdchen! Zum Glück haben sie keinen weiteren Schaden davongetragen. Wie kann man so etwas nur anderen Lebewesen antun? Mit Brettern auf sie einzuschlagen ... Da fehlen mir nicht nur die Worte, auch mein Verstand will das nicht begreifen. Wie kann man nur so sein, so derart ... verroht?! Nur gut, dass wir das Gatter endlich stabilisiert haben. So können sie uns nicht mehr ausbüxen. Der Sattler soll es mal wagen, unser Grundstück zu betreten ..."

"Der kann froh sein, dass er unsere Ponys nicht auch wie seinen Wallach in die nächste Pfer-deschlachterei gebracht hat – alles nur aus Geld-gier. Wer weiß, wozu ich dann fähig gewesen wäre."

"Das hätte er mal wagen sollen. *Die* Anzeige wäre ihm sicher gewesen."

"Wahrscheinlich wäre er mit einer Geldstrafe da-vongekommen ..."

„Hallo Nachbarn! Sie hätten uns doch auf ein Gläschen Wein einladen können, wenn Sie sich schon so gemütlich in der Abendsonne in Ihrem Vorgarten zur Schau stellen. Warten wohl wieder auf die Zeitungsfritzen vom Tagblatt fürs nächste Interview, was?! Oder ist es diesmal die Tages-presse? Die Wochenumschau? Ach egal, die schreiben ja sowieso alle voneinander ab. Jaja, aber mit meiner Magdalena und mir nicht feiern wollen. Das habt Ihr jetzt davon, Ihr hochnäsigen Möchtegern-Promis. – Komm' Bacon, wir gehen nach Hause zu Frauchen und veranstalten unsere eigene Party!"

„Sie ..."

„Nicht aufregen, Carmen. Der geht gleich weiter. Zu Hause wird er sich mal wieder bis zur Besinnungslosigkeit abfüllen und randalieren. Das kennen wir doch schon. Nicht umsonst ist er aus seiner ehemaligen Wohnung rausgeflogen. Der hat doch jetzt schon 'ne Fahne, die man bis hierhin riechen kann. Ignoriere ihn einfach."

„Sagen Sie, wie geht es denn eigentlich Ihren süßen Kätzchen? Hab gehört, da fehlen 'n paar ... Ach, da ist ja noch eine. Das wird wohl das Muttertier sein, was?! Vermisst sie ihre lieben Kleinen?"

„Herr Nowak, wenn sie Ihren gemeinen Sarkasmus nicht gleich woanders versprühen, dann ..."

„Warte, Frank! – Herr Nowak... Michael, wenn Sie irgendwelche Informationen haben, dann sagen Sie es, bitte! Wir werden Sie auch nicht verraten. Ehrenwort!"

„Passen Sie lieber auf, dass Ihnen nicht auch noch die letzte Katze abhanden kommt!"

„Ist das etwa eine Drohung, Nowak? Stecken Sie dahinter?"

„Ach Frank, das hat doch keinen Sinn."

„Ich verstehe Dich nicht, Carmen. Zweifelsohne weiß der Nowak etwas ..."

„Kann sein. Aber Du merkst doch, dass er nicht die Absicht hat, ausgerechnet uns aufzuklären. Nein, Frank. Wir müssen das selbst in die Hand nehmen und nachforschen. Die Polizei wird uns ohne triftige Anhaltspunkte nicht helfen. Würde mich nicht mal wundern, wenn dieser korrupte Meyerhoff da irgendwie seine Finger mit im Spiel hat oder sich dafür schmieren lässt, dass er sich raushält und wegguckt. Der hütet zwar etwas, aber ob es das Gesetz ist ...“

„So wie der große Karl-Otto gemeinsame Sache mit dem Sattler macht, meinst Du?!“

„Unser herrischer Bürgermeister Ludowig? Natürlich lässt der sich so ein lukratives Geschäft nicht entgehen. Ein Wellness-Hotel, tse. Damit unsere wunderschöne und ruhige Oase von zahlungskräftigen Touristen verschandelt wird, die grölend um die Häuser ziehen – und das nennt sich dann Landschaftsschutzgebiet. Na ja, dann hätte der Nowak endlich Unterstützung von wöchentlich wechselnden, neuen Saufkumpanen und belästigte uns nicht mehr.“

„Und wenn wir den Big Boss um Hilfe bitten, weil wir bei der Polizei nichts erreichen?“

„Was, den Ludowig? Der würde uns doch nur auslachen und achtkantig aus seinem Büro werfen lassen, wenn wir seine Hilfe bezüglich verschwundener Katzen erfragten. Und ganz ehrlich: Auf dem Bau stören Streuner nun mal. Im Grunde hätten alle drei ein Motiv, da jeder dieser Aasgeier seinen Nutzen daraus zöge. Genau genommen, wäre Keller der Einzige, der dadurch eher benachteiligt würde, wenn ihm noch mehr Fremde begegneten. Aber ihn können wir erst recht nicht um Unterstützung in der Sache bitten – solange sich ihm niemand auf hundert Meter nähern möchte. Außerdem können wir beim Bürgermeister nicht einfach behaupten, der Meyerhoff sei käuflich. Damit bringen wir uns nur selbst in Teufels Küche."

„Du hast ja Recht, Carmen. Wie immer. Dann sag Du doch mal, was wir jetzt machen sollen, statt Löcher in die idyllische Wildblumen-Landschaft zu starren."

„Lass uns keinen Streit anfangen, Schatz. Unsere Nerven sind angespannt, aber das hilft uns nicht weiter. Wir schlafen eine Nacht darüber und überlegen uns dann neue Schritte, okay?"

„Das klingt gut, ich bin auch schon recht müde; der Wein, die Katzen, der Nowak eben, ... ach die ganze Situation schafft mich ..."

„Komm Mietzi, wir gehen ins Haus, na komm!"

„Nun lass sie doch, Carmen, sie möchte nicht. Muddi lebt eben lieber draußen. Es ist ja auch ein schöner, lauer Abend ..."

„Mama, wann hast Du Mietzi zuletzt den Napf rausgestellt?"

„Guten Morgen, heißt das, mein lieber Herr Sohn! Warum bist Du überhaupt schon so früh auf? Na gestern Abend. Wieso?"

„Weil er immer noch voll ist ..."

„Wie, immer noch voll?! Das kann doch nicht ... – Frank? Kommst Du mal, bitte?"

„Was ist denn los, warum bist Du so hysterisch, Carmen?"

„Nicht auch noch sie! Jetzt ist sie auch weg! Unsere Muddi ... die Mietzi ..., weg. Das war bestimmt der Nowak, dieser ..."

„Ach Kiki, jetzt bleib erstmal ruhig!"

„Kiki? So hast Du mich ja schon ewig nicht mehr genannt. Zuletzt, als Du meine Zimmerpflanzen absichtlich nicht gegossen hast, während ich zur Kur war. Was hast Du ausgefressen – und warum siehst Du mich so schuldbewusst an? Hast Du etwa ... Nein, Frank! Sag, dass das nicht wahr ist ...!"

„Was denn? Was meinst Du?"

„Verkaufe mich nicht für dumm, Frank! Das kann doch kein Zufall sein ... Gestern wolltest Du noch unbedingt, dass Mietzi draußen bleibt, obwohl all ihre Kitten auf unerklärliche Weise verschwunden sind – und bis jetzt hat sie ihr Futter nicht angerührt, sonst ist die Schale morgens immer leer. Das ist doch wohl eindeutig, dass sie auch ... und Du wolltest sie nicht im Haus ...."

„Das ist jetzt nicht Dein Ernst! Du glaubst nicht wirklich, dass ich etwas mit dem Verschwinden unserer Katzen zu tun habe."

„Was soll ich denn ... Frank!"

„Na die Tür war zu. Du verdächtigst Papa doch nicht, oder?"

„Nein, natürlich nicht."

Wie könnte sie nicht? Inzwischen kam ihr bald jeder verdächtig vor. In letzter Zeit verhielt sich

Frank sowieso merkwürdig, irgendwie ganz anders als sonst. Mal war er sehr aufmerksam, dann wieder völlig abwesend, fast gleichgültig. Er wurde nie aufbrausend, das schätzte Carmen sehr an ihrem Partner. Andererseits konnte sich dadurch viel nicht ausgelebter Groll angestaut haben. Und jetzt rannte er einfach davon, dem Konflikt aus dem Weg. Das war nicht seine Art. Da konnte etwas nicht stimmen. Es war, als wollte er etwas vor Carmen verbergen. Sie kannte ihn in- und auswendig, seine Mimik, den Ausdruck in seinen Augen. Wollte Frank verhindern, dass sie darin etwas erkennen und ihn so entlarven konnte? Aber einem Lebewesen Leid antun? Nein, das würde er niemals. Nicht Frank. Völlig ausgeschlossen. Seit mehr als zwanzig Jahren waren sie ein Paar. Sie wüsste es, wenn ... Warum sollte er auch? Brachte er die Fellnasen tatsächlich fort, dann ausschließlich, um sie in die Obhut anderer Familien zu geben, in fürsorgliche, liebevolle Hände. Das war die einzig denkbare Möglichkeit.

Carmen besänftigte ihre innere Zerrissenheit. Ihr Frank war ein guter Mann, aufrecht und zuverlässig. Sein Verantwortungsbewusstsein und die Liebe zu allem Atmenden charakterisierten ihn. Ihm konnte man mit gutem Gewissen vertrauen. Er wäre zu keiner einzigen Missetat fähig, schon gar nicht zu einer solch schäbigen. Dafür hätte sie beide Hände ins Feuer gelegt. Ein Fremder käme da viel eher in Frage. Wäre das nicht aufgefallen, wenn sich dieser auf dem Grundstück der Richters herumgetrieben hätte? Frank war am nächsten dran, hatte am ehesten die Möglichkeit, die kleinen Tiger einzufangen. Aber warum hätte er das tun sollen? Sie waren weder laut, noch dreckig, machten keine Arbeit, richteten nicht den kleinsten Schaden an, obwohl man es ihren Artgenossen gern nachsagt. Sie vertrauten ihren Menschen, ebenso wie Carmen ihrem Mann. Doch nun blieb ein übler Beigeschmack, wenn auch nur ein kleiner. Aber er war da und reichte aus, um gemeine Spielchen mit Carmens Gedanken zu spielen. Konnte sie Frank tatsächlich alles glauben? Oder erkannte sie sein wahres Ich nur nicht? War er wirklich so, wie Carmen ihn gern zeichnete? Wie gut kannte sie den Menschen, mit dem sie ihr halbes Leben verbrachte, wirklich? Seine Familie hatte Carmen nie kennengelernt. Franks Eltern waren bei einem Verkehrsunfall ums Leben gekommen, als er noch ein Teenager war. Alle Verwandten, die sich danach um ihn kümmerten, lebten viel zu weit weg, was Frank eher zu erleichtern schien als dass es ihn traurig stimmte.

Trotz all der schlechten Erfahrungen, die er ausgerechnet während der prägendsten Zeit durchleben musste, war er immer ein aufopfernder Familienvater, tat alles für die Menschen, die ihm nahestanden. Sollte er es so gut versteckt haben können? Oder brach jetzt nur durch, was all die Jahre im Verborgenen lag, unterbewusst? Vielleicht hatten Stubentiger ja irgendetwas mit dem Unfall seiner Eltern zu tun.

„Die Katze lauert stumm und still, wenn sie Mäuse fangen will", wiederholte eine innere Stimme das sorbische Sprichwort.

„Langsam drehst Du echt durch, Carmen!", ermahnte sie sich selbst.

Dennoch spürte sie, dass Frank etwas verbarg. Das zeigte seine Reaktion, die übereilte Flucht. Die Flucht wovor? Sie musste sich Klarheit verschaffen und zwar umgehend. Nur wie? Sie konnte ihn schließlich nicht direkt konfrontieren. Er blockte doch nur wieder ab. Bis zu diesem Moment hatte sie immer offen über alles mit ihrem Mann reden können. Das war nun nicht mehr möglich. Ihr Verbündeter stand plötzlich auf der anderen Seite, gemeinsam mit den anderen drei Verdächtigen. Dabei war nach wie vor völlig unklar, was mit ihren Kätzchen überhaupt geschehen war. Die Ungewissheit trieb sie beinahe in den Wahnsinn. So oder so ähnlich musste sich Hans Keller fühlen ...

„Wo willst Du denn jetzt hin, Mama?"

„Ich werde dem Keller mal einen Besuch abstatten und versuchen, ein vernünftiges Gespräch mit ihm zu führen. Selbst wenn er unseren Katzen nichts angetan haben sollte, so weiß er als ausgebildeter Waidmann auf jeden Fall, wie man Tiere fachgerecht zerlegt. Mit etwas Glück verrät er sich dabei aus Versehen. Ansonsten kann er mir bestimmt ein paar wichtige Details nennen, die uns weiterhelfen. Unterwegs suche ich Deinen Vater ..."

„Na dann viel Erfolg, er hat das Auto genommen. Aber Du kannst nicht ernsthaft zum Keller wollen, schon gar nicht allein."

„Willst Du mitkommen?"

„Oh nein, da kriegen mich keine zehn Pferde hin – und Du solltest das auch nicht! Willst Du nicht lieber zum Meyerhoff?"

„Ach, bis unser werter Monsieur Gendarm seinen dickfelligen Hintern mal bewegt, ist wieder Ostern ..."

„Das war doch gerade erst letzten Monat."

„Eben. Ach, mach Dir keine Sorgen, mir wird schon nichts passieren. Ich nehme mein Handy mit. Du weißt ja, wo ich bin. Sollte ich in spätestens zwei Stunden nicht zurück sein, rufst Du die Polizei. Herrje, das klingt ja bald paranoid ..."

„Und wenn er Dich bis dahin längst ...?"

„Ach mein Junge, Du solltest nicht alles glauben, was man sich hier so erzählt. Das sind nicht immer Tatsachenberichte."

„Willst Du mich oder Dich damit beruhigen? Aber seltsam ist es schon, dass alles, was in seine Nähe kommt, danach scheinbar unauffindbar wird. Das musst Du doch zugeben."

Eine berechtigte Frage, die sie unbeantwortet ließ. Mit einem mehr als mulmigen Gefühl machte sich Carmen auf den Weg zu dem von allen gefürchteten Nachbarn. Sie war hin- und hergerissen zwischen wütender Verzweiflung und ängstlicher Neugier. Diesen Abschnitt ihres Wohnortes hatte sie schon lange nicht mehr aufgesucht. Da Frank mit dem Wagen unterwegs war, ging sie zu Fuß. Das hatte den Vorteil, dass sie sich notfalls anschleichen oder schnell verstecken konnte. Die üppig blühende Vegetation bot hierfür jede Menge Gelegenheiten. Moment ... da stand doch Franks Auto – vor Sattlers Büro ... und Bacon, Nowaks Hund, schlürfte gerade Wasser aus einem Napf vor der Eingangstür. Was war hier los? Frank verachtete die Lebensgewohnheiten beider Männer – und jetzt saßen sie zusammen in Sattlers Profitschuppen beim Bierchen, wie eine lustige Gesellschaft am Stammtisch?

„Nein, wahrscheinlich geigt er ihnen seine Meinung und versucht herauszufinden, was mit unseren Vierbeinern passiert ist. Nowak hat doch selbst ein Haustier, der wird schon nichts damit zu tun haben. Vielleicht hatte er aber etwas beobachtet, während er mit Bacon Gassi ging?", vermutete Carmen; wohl auch, um Franks Gesicht ungefragt zu wahren.

Auf dem Hof waren diverse Gerätschaften und Utensilien abgestellt, die so ein florierendes Bauunternehmen benötigte. Hinter ihnen konnte sie sich unbemerkt an eines der offenen Fenster an der Seite des ebenerdigen Flachdachgebäudes mit unschuldsweißem Anstrich heranschleichen, wie auf einer Jagd. Sie fühlte sich Hans Keller immer ähnlicher, erst der Wahnsinn, jetzt die Pirsch.

„Du hältst gefälligst die Klappe, Nowak!"

„Na klar, Paul, aber Du weißt ja, dass gute Dienstleistung ihren Preis hat ..."

„Jetzt grins' nicht so dämlich, Du bekommst ja Deine Kohle, wie abgemacht!"

„Geht doch. Ist immer wieder schön, Geschäfte mit Dir zu machen ..."

Carmen hörte nur einen Bruchteil des Gesprächs durch das gekippte Fenster, unter dem sie hockte. Aber das konnte nichts Gutes bedeuten. Sie vernahm Geräusche, die ein baldiges Türöffnen signalisierten. Sie musste eiligst ihren Posten verlassen, ohne entdeckt zu werden. Der Hinweg wäre nun zu riskant gewesen, da inzwischen einige Mitarbeiter Sattlers ihren Dienst angetreten hatten. Es wurde zunehmend geschäftiger auf dem Hof, Baumaschinen und Arbeitsausrüstungen bewegt, umstehende Beton-Schachtteile abtransportiert.

Im Entengang huschte Carmen so wendig wie irgend möglich in Richtung der nahegewachsenen Hecke und hüpfte mit einem gewagten Sprung in den natürlichen Schutzwall. Es war, als machte sich der kalte Schweißtropen über sie lustig, weil sie seinetwegen erschrak. Ihr Herz klopfte durch ihre Venen, der Brustkorb hob und senkte sich rasant; sie war zu nervös, um ihre Atmung zu kontrollieren, sie zitterte. Es piekste und raschelte im

Gebüsch, aber niemand schien etwas bemerkt zu haben. Zwei männliche Stimmen entfernten sich voneinander, formell und eklatant laut, wie alte Geschäftspartner, ganz so, als wollten sie unbedingt gehört werden. Wo war Frank? Carmen konnte seine Stimme nicht erkennen, auch nicht, als sie noch unter dem Fenster gekauert hatte.

„Komm Bacon, wir fahren jetzt!", befahl Nowak seinen tierischen Begleiter an seine Seite. Eine Autotür knallte, der Motor wurde gezündet, die Reifen hinterließen ihr typisch knisperndes Geräusch auf dem Schotteruntergrund, als die blecherne Karosse vom Hof gelenkt wurde. Sattlers Bürotür fiel ins Schloss. Offenbar war er wieder hineingegangen, so dass Carmen ihren Unterschlupf verlassen konnte. Immer noch keine Spur von Frank. Hatte er Nowak nach Hause gefahren? Warum sollte er? Außerdem saß er nicht im Wagen, als Carmen daran vorbeiging. Aber Nowak sagte gerade, „wir fahren jetzt", nicht „wir gehen". War Frank etwa noch in Sattlers Büro? Warum sollte er Nowak sein Auto überlassen? Zumal der doch pausenlos alkoholisiert war.

Ununterbrochen kreisten diese zwei Fragen durch ihren Kopf: Wenn Frank am Steuer saß, was hatte er mit den Schurken zu tun? Wenn nicht, warum hatte Nowak sein Auto – und wo war Frank dann? Nur eine Autotür wurde zugeschlagen. Ob er im Kofferraum lag? Vielleicht hatten sie ihn aufgegriffen, als er sie so wie Carmen belauschte... Wie leichtsinnig – oder dämlich – wäre es, wenn sie Frank überfallen hätten und nun sein Auto führen?!

Ihren geliebten Gefährten zu verlieren – und erst recht auf so eine perfide Art ... Nein, das konnte nicht, das durfte einfach nicht sein. Sie dachte an Großmutters Leitspruch: „Gehe niemals im Streit von zu Hause fort! Vielleicht kehrst Du nicht zurück an diesen Ort ...“ Den Gedanken ertrug sie nicht.

Carmens Verwirrung steigerte sich und nährte die Verschwörungstheoretikerin in ihr. Das ergab doch alles keinen Sinn. Sie brauchte Klarheit und versuchte, Frank auf seinem Handy zu erreichen. Sie wählte seine Nummer mehrfach nacheinander, aber er antwortete nicht. Entweder war er immer noch verärgert, weil seine Frau ihn unterschwellig beschuldigte oder ... Ach, er hatte es gewiss lautlos gestellt, war einkaufen oder hörte es aus irgendeinem anderen harmlosen Grund nicht. Jäh durchfuhr es sie: Was, wenn Frank nun doch etwas zugestoßen war – und Sattler etwas damit zu tun gehabt hatte? Wäre er dann nicht vielleicht im Besitz von Franks Handy? Womöglich hörte er es jetzt läuten, würde Carmens Foto auf dem Display sehen und wüsste somit, dass sie anrief, weil sie ihren Mann suchte – und sie war ganz in der Nähe. Sie musste sich schleunigst aus dem Staub machen. Wenn Sattler sie erwischte, ... er würde sie glatt wegen Hausfriedensbruch anzeigen – mindestens. Wohin sollte sie gehen, an wen sich wenden? An die Polizei etwa? Wenn im Korruptionsverdacht gegen Meyerhoff nun doch ein Wahrheitskorn steckte? Sattler hatte sicher reichlich Möglichkeiten, den sauberen Herrn Gesetzeshüter zum Stillschweigen zu überreden – wenn nicht mit Geld, dann notfalls unter Androhung von Gewalt. Natürlich würde er sich seine Hände niemals selbst schmutzig machen, dafür hatte er genügend Befehlsempfänger. Seine muskelbepackten Bauhelfer aus aller Herren Länder beispielsweise. Oder Nowak. Der konnte doch jede müde Mark gebrauchen. Als arbeitsloser Alkoholiker war er sicherlich enorm beeinflussbar.

Erneut öffnete Sattler die Vordertür und verabschiedete sich von einem Mitarbeiter Richtung zukünftige Baustelle, dort, wo das Hotel entstehen sollte. Hier fand in ein paar Stunden das lang geplante Street-Food-Festival statt, das immer populärer wurde und hohe Besucherzahlen versprach; quasi als Grundstückseinweihung – mit dem positiven Nebeneffekt, die Anwohner milde zu stimmen. Jeder Bürger, der sich dazu berufen fühlte, erhielt gebührenfrei einen durch Sattlers Firma aufgebauten Stand und bot selbstgemachte, kulinarische Köstlichkeiten als „lokale Reise um den Globus" zum Verkauf an. Bands, die niemand kannte, waren eingeladen, das Event musikalisch zu begleiten. Eine Rede des Bürgermeisters eröffnete die inszenierte Dauerwerbung, von der das verschlafene Örtchen profitieren sollte –

so las es sich letzten Endes zwischen den Zeilen des halboffiziellen Slogans. Die eigentlichen Gewinner waren wohl Karl-Otto Ludowig und Paul Sattler.

Da sowohl Gäste aus den umliegenden Gemeinden ebenso wie Zugereiste angelockt wurden, gewann man so etliche Befürworter und neue Unterstützer des Projekts „Wellness Hotel" – zumindest deren Enthaltung, was allgemein als Zustimmung oder Annahme der gegebenen Umstände gewertet wurde.

Vielleicht war Frank bereits vor Ort und half bei den Vorbereitungen. Sein Wagen diente lediglich als motorisierte Schubkarre und Nowak lieferte nun die fehlenden Kleinigkeiten damit an. So würde es sein. So musste es einfach sein. Frank war schon immer ein hilfsbereiter Mensch ...

Es war, als hätte Carmen bei all der Aufregung vergessen, warum sie sich eigentlich auf den Weg gemacht hatte. Hans Keller aufzusuchen und ihn nach dem Verbleib ihrer freiheitsliebenden Katzen zu befragen, war zwar nicht minder wichtig, sie verdächtigte mittlerweile nur andere Barbaren. Ganz nebenbei ergab sich daraus der Vorteil, sich nicht mit dem gefürchteten Jäger auseinandersetzen zu müssen.

Es war unterdessen Mittag, als Carmen auf dem Gelände ankam, denn das Fest war zu ihrer Überraschung bereits in vollem Gange. Geparkte Autos, wohin das Auge reichte. Etliche Besucher

verwandelten das sonst so beschauliche Fleckchen Erde in einen Rummel ähnlichen, orienta-
lisch anmutenden Bazar. Es duftete nach Gewür-
zen aus aller Welt, nach Gebratenem und Geräu-
chertem, nach Fleisch, Fisch und Gemüse. Exoti-
sches und Hausmannskost, Neues und Altbekann-
tes, Kaltes und Heißes wurde auf Pappgeschirr
und Spießen gereicht. Einige Stände hatten sich
auf diverse Getränke spezialisiert, mit und ohne
Alkohol, mit Obst als Garnitur oder Einlage, auch
mal gänzlich pur, ohne jeglichen Schnickschnack.
Es war ein lautes Treiben, Stimmengewirr zwischen den langen Schlangen, die anstanden, um
sich vollzustopfen. Obwohl die einzelnen Menüs
unterschiedlich groß portioniert waren, konnte
man bei der gebotenen Auswahl gar nicht alles
probieren.

Carmen war klar, dass sie Frank nur an einem
Stand mit vegetarischer Auslage antreffen und
sich sogleich bei ihm für ihre absurde Mutma-
ßung entschuldigen würde. Wie hatte sie jemals
an ihrem Seelenverwandten zweifeln können?
Carmens angestrengte Gesichtszüge entspannten
sich zu einem Freudestrahlen. Sie würde Frank in
die Arme schließen, ihn küssen und alles wäre
wieder in Ordnung, so wie es immer war.

Ihr Schritt verlangsamte, als sie sich einem Ver-
kaufstisch mit der Aufschrift „Bio-Pulled-Beef –
Veggie Style" näherte. Sie versuchte, Frank zwischen dem davor versammelten Pulk interessier-

ter, hungriger Hipster auszumachen, die noch ein Schälchen des butterweichen Fleischersatzes ergattern wollten. Vermeintlich aus Soja, augenscheinlich aber äußerst schmackhaft, stand diese Mahlzeit ihrem tierischen Vorbild in Nichts nach, schien es im Gegenteil noch zu übertreffen. Sich vegetarisch oder durchaus etwas bewusster zu ernähren, wandelte sich in jüngster Vergangenheit von der Lebenseinstellung zum modischen Trend. Carmen legte eine kurze Pause ein. Frank war zwar nicht unter den Wartenden, aber ihr Bauch knurrte und das Angebot war zu verlockend. Mit leerem Magen weiter zu suchen, wäre bei diesen duftenden Rauchschwaden ohnehin eher kontraproduktiv.

„Na, Frau Richter, wo haben Sie denn Ihren Mann gelassen?"

„Nowak ... haben Sie mich erschreckt! Ich dachte, das könnten Sie mir sagen. Immerhin sind Sie doch mit seinem Auto hergefahren ..."

„Woher ...?"

„Sie brauchen es gar nicht abzustreiten, ich habe Sie gesehen!"

„Okay, ich habe Franks Wagen genommen. Aber der stand sowieso offen an der Straße herum, der Schlüssel steckte noch."

„Und mein Mann? Wo war der?"

„Das weiß ich doch nicht. Da war niemand weit und breit, nur das abgestellte Auto."

„Das Sie sich einfach so genommen haben ..."

„Wenn es sich wie eine Einladung anbietet. Was hätten Sie gemacht?"

„Ich hätte versucht, den Eigentümer zu finden oder die Polizei zu rufen. Sie wussten doch, wem es gehört."

„Na, dann sind Sie ja an dem Stand genau richtig. Schauen Sie mal, wer da die Kelle schwingt. Diesmal nur aus Edelstahl statt rot-weißem Spezialkunststoff."

Polizeichef Jürgen Meyerhoff bewirtete hier die hungrige Meute – und ausgerechnet Hans Keller belieferte ihn mit Nachschub. Carmen traute ihren Augen nicht. Abgesehen von der Widersinnigkeit des allgemeinen Bildes über Keller verglichen mit seinem fast unterwürfigen, sediert wirkenden Auftritt inmitten dieser Ansammlung, erkannte Carmen zwischen den beiden Herren eine Ähnlichkeit, wie sie nur in Familien vorkam. Es wurde erst offenbar, als sie nebeneinander standen. Eisig lief es über ihren Rücken, packte ihr in den Nacken, wie eine kalte, unsichtbare Hand. Das erklärte schlagartig, warum Keller nie etwas nachgewiesen werden konnte. Niemand hatte jemals ein Verwandtschaftsverhältnis auch nur angedeutet oder vermutet. Die unterschiedlichen Nachnamen verdeckten das Offensichtliche. Ob Meyerhoff die Gerüchte über Keller selbst streute, um den alternden Jägersmann vor Übergriffen militanter Tierschützer und Nachbarn zu bewahren? Oder sollten hier wahrhaftig Straftaten bagatellisiert, möglichst sogar unter den sprichwörtlichen

Teppich gekehrt und vertuscht werden? Ahnte Keller überhaupt, was auf seinem Hof vor sich ging – oder was man sich erzählte?

„Eine Portion Bio-Pulled-Beef für Sie, Frau Richter?"

„Ääähh...ja, gern! Danke, Herr Meyerhoff!"

„Hier, bitte sehr!"

Hühnchen ähnlich, jedoch etwas trockener, wurde der Snack mit viel Paprika und Zwiebeln serviert – wahrscheinlich, um die sehr faserige und mehlige Konsistenz zu kaschieren. Obwohl mit Chilisauce abgerundet, entfaltete sich eine eher süßlich-zarte Note an Carmens Gaumen.

„Oh, Sie haben ja richtig Appetit! Schnüffelei macht hungrig, was?! Na, es scheint Ihnen jedenfalls zu munden, das freut mich als Standbetreiber natürlich besonders. Ach, bevor ich es vergesse: Mit herzlichen Grüßen von Ihrem Mann ... und Ihren Katzen. Lassen Sie sie sich schmecken ..."

(Verstummung: Kurzkrimis, chiliverlag, 2016, S. 64-82, ISBN 978-3943292466)

Les mains magiques

„Jana Lamma? Hallo! Patric Woltas. Ich vertrete Frau Blum, die leider erkrankt ist. Kommen Sie bitte mit? Wir sind in Kabine 2."

Na prima, ausgerechnet heute! Nach dieser anstrengenden Woche hatte sich Jana extra eine sechzigminütige Ganzkörpermassage bei ihrer Lieblingsmasseurin zum Feierabend gesichert – und nun das!

Na gut, sei es drum. Mit widerwilliger Schmollschnute und ausgestrecktem Arm ging Jana dem Ersatzmann entgegen. Ein kräftiger Händedruck voller Sanftheit – *sicher vom vielen Öl* – beeindruckte nicht primär, hinterließ aber eine kleine Welle, die ihre Trägerin auf eine merkwürdige Art einzulullen versuchte; ausgelöst von großen, besonders männlichen Exemplaren. *Die können wohl kaum einfühlsam genug sein!*

Sie musterte ihn: In seinem sportlich-dezenten Outfit machte er eine super Figur. Er war ein stattlicher Kerl, attraktiv, hoch gewachsen, breitschultrig, von kerniger Statur, nicht zu dick, nicht zu dünn, muskulös, erfreulicherweise nicht übertrieben bepackt; vielleicht gerade deshalb mit einem äußerst anziehend wirkenden Körperbau – und einem Wahnsinnslächeln. Spielte er bewusst damit? *Oh, diese jadeblauen Augen ...*

Ein sattes Türkis funkelte ihr verführerisch entgegen. *Herrje! Hör sofort auf, ihn anzuhimmeln!*

Sie wusste, er war pures Gift für sie. Für unverbindliche Flirts war sie noch nie zu haben gewesen. Hoppla, wo kamen diese Gedanken plötzlich her? Er sollte schließlich nur ihre Verspannungen lösen. *Nur eine Massage, nichts weiter.* Die Begrüßung war allerdings recht vielversprechend.

„Gehen Sie doch bitte schon mal vor. Ich schließe nur noch rasch die Eingangstür ab. Sie sind ja meine letzte Kundin ...". Grinste er etwa? Ob er ihre Faszination für ihn bemerkt hatte? Jana sah sich um. *Wir sind allein! Ach, er wird sicher professionell bleiben, immerhin hat der Wellness-Tempel einen hervorragenden Ruf zu verlieren.* Oder hatte sie gar selbst Bedenken? Vielleicht vor ihrer eigenen Courage, weil diese verdammte Gänsehaut immer noch anhielt ... *Konzentration, Jana! Kabine 2 sagte er. Also los: Tür zu, entkleiden, auf die Bank legen, mit dem mitgebrachten Handtuch den bestringten Hintern bedecken. Durchatmen. Entspannen.*

Als der Masseur den Raum betrat, steckte Jana bereits mit ihrem Gesicht in der dafür vorgesehenen Aussparung in der Liege, die Arme baumelten demonstrativ leger an den Seiten herunter. *Bestimmt registriert er meine Unruhe trotzdem.* Patric schaltete den CD-Player ein. *Zum Glück, jetzt ist diese unangenehme Stille wenigstens von Zen-Musik unterbrochen.* Jana hörte, wie der Behandler das Öl verteilte; bei diesem typisch glitschigen Geräusch wuchs ihre Vorfreude auf knetende, harmonisch-gleitende Hände auf ihrem Rücken bis hin zu ihren kleinen Grübchen oberhalb des Pos, auf ihrem trägen Trizeps, ihren Schenkeln und Fesseln. Dort begann er; langsam, fast streichelnd, lockerte er ihre verhärteten Waden. „Sie tragen häufig hohe Absätze, richtig?!", stellte er mehr fest als er fragte. Patrics Patientin zuckte zusammen, als hätte er sie aus einer Art Trance zurückgeholt.

„Entschuldige, Jana!", hauchte er. „Ich wollte Dich nicht erschrecken. Von nun an werde ich Dich besonders liebevoll behandeln. Du sollst doch entspannt ins Wochenende gehen ..." Eine Zeit lang fühlte sie seine Hände nicht mehr und nahm in der Ferne ein gedämpftes Rascheln wahr. *Was hat er vor? Er wird doch nicht ...* Ihr Puls pochte sichtbar an ihrem Hals. Sie fühlte, wie ihre Wangen Feuer fingen. Diese innere Hitze, die sich nun über ihren ganzen Körper hermachte. Heimlich nestelte sie an ihren feuchten Fingern, als sie seine nackten Beine links und rechts neben sich lokalisierte. Auf Knien kroch er zu ihr und platzierte sich auf halber Höhe. Vorsichtig legte er seine warmen, noch öligen Hände auf ihre Lenden, kreiste mit seinen Daumen langsam ihre Wirbelsäule entlang. Jana spürte, wie seine Lippen annähernd ihre Haut berührten. *Oh bitte, mach`s einfach!* Bald folgte sein Mund ihrem lautlosen Flehen. Seine Zunge glitt wie selbstverständlich über ihre bebenden Rippen, bis sie endlich ihren Hals und schließlich ihr Ohr erreichten, wo er knabbernd raunte, wie sehr er sie will. Seine Flüsterton-Stimme hatte eine außergewöhnlich sonore Wirkung, ganz so, als hätte er Klangschalen auf ihrem Körper ausgebreitet, die bis in jede noch so kleine Pore vibrierten. Ein unbeschreiblicher Schauer durchtrieb ihre Venen und stellte sämtliche Härchen auf. Noch nie hatte sie so eine Lust verspürt, nie zuvor wurde sie so sehr von bedingungsloser Hingabe erfasst wie in diesem Augenblick. Es war, als ob sie taumelte, obwohl sie lag.

Seine Euphorie glühte zwischen ihren Schenkeln, drängte beinahe. Sie entzog sich ihm nicht, ließ es einfach geschehen, hoffte sogar ein wenig darauf, ihn bald in sich zu spüren ... Ihr Atem ging immer schwerer, tiefer, unwillkürlich von einem leichten Schnurren begleitet. *Ich bin verrückt nach Dir!*
Noch hätte sie es beenden, einfach aufstehen, sich anziehen und gehen können. Wo sollte das denn auch hinführen? Blieb sie aus Neugier? Bevor sie eine Antwort wusste, drehte er sie um. Wie unverschämt gut er aussah – und dieses Lächeln ... Seine Augen blitzten spitzbübisch und verhalfen seinen weichen, kamelienroten Lippen zu diesem unwiderstehlichen Charme. Seine Erscheinung war ein einziges Strahlen und nahm ihr sämtliche Bedenken, wenn nicht gar alle Gedanken. Er zog sie in seinen Bann, und sie automatisch in seinen Arm. Es war befremdlich, ihn so nah zu spüren. Seltsam vertraut, angenehm warm, und dennoch

aufregend neu, irgendwie anders als alles, was sie bis dahin kannte. Lag es daran, dass sie keine Erwartungen hatten? Seine Küsse schmeckten nach Abenteuer, nach Ekstase und Sinnlichkeit. Ihre Zungen tanzten verspielt, als hätten sie nie etwas Anderes getan; sie saugten, lutschten; wirbelten umeinander, stupsten sich. Ein kleiner Ausblick auf seine Kunstfertigkeit, mit der er ihren gesamten Leib berauschen würde. Sie fühlte sich schwerelos, enterdet, quasi losgelöst, obwohl er überall um sie herum war. Sie verlor sich in seinem Blick, als er kurz innehielt, um sie zu betrachten. Sie genoss ihn, dieses Prickeln, seine Nähe, seinen Duft ... wie sehr er sie erfüllte – nicht nur körperlich. Jana durchströmte ein jähes *JA!* – zu ihm, zu diesem nahezu magischen Moment. Kein anderes Wort würde dem Gefühl gerecht, das er in ihr auslöste. Ja zum Leben. Ja zur Lust. Ja zur Leidenschaft. Ja zur Liebe. Ja zu diesem wunderbaren Mann, zu einem fantastischen Liebhaber. *Ja, ja, jaaaa ...*

„So, Frau Lamma, die Stunde ist dann um. Sie können sich wieder anziehen. Ich hoffe, die Massage war zu ihrer Zufriedenheit und Sie beehren uns bald wieder ...“

Lyrik

Als wären wir unendlich...

Im Mondlichtschatten auf Wolkenflügelrauschen
Wo weder Tag noch Nacht sich treffen
Schreibt uns der Moment in nassen Sand
Als wattwanderten wir zwischen den Gezeiten

Der wilden Quelle Baches Lauf entsprudelt
Schwimmen wir auf Unterholzgeäst
Den Landzungen entgegen
Wo uns das Ufer rettend küsst

So fürcht' ich Purpur nicht, noch Scharlachrot
Färbe gar den Regenbogen
Ja, ich seh' die Welt in Frühlingsfarben
...denn jede Schönheit wohnt in Dir!

(und stillt mein einzig Darben)

Da ist nichts rosarot, es ist knallbunt
Mir fehlen Worte noch, und Wörterfund...
Kein Geräusch, nur der Wind. Sei laut!
Schreib Deinen Namen quer über mein Herz

Mein Gesicht in Deinen Händen
Ist Beginnen und Vollenden
Wie alles, was wir sind, Geliebter:
Pur und eine Handvoll ewig

*(Ausgewählte Werke XVIII, Realis Verlag, 2015,
Buch: S. 457, ISBN 978-3-930048-71-7,
Hörbuch: Track 72, gelesen von Schauspieler
Mark Kuhn, ISBN 978-3-930048-72-4)*

Aus Gold

Ein einzig flüchtiger Wimpernschlag
Sonnengereift aus handgehaltenen Liebesblüten
Im Sog der Lippen kosend Wellen
Vom Dämmerlichtschleier karamellisiert

Getrieben von lufterloschener Melancholie
Auf pastellbunten Wolken zuckerlöslich schwebend
Spiegelt sich die Meerestiefe
Wie die See in Deinem türkisfarbenen Blick

Hinter uns die Brandungsgischt, prickelt
Überraschend grazil auf salzbetupftem Honigbraun
Wild vielleicht, fast handzahm still der Schein
Tragen Winde uns barfüßig fort

Ein Flüstern entfesselt schattierte Freiheit
Die noch unsortiert zwischentönt
Nein, gar nach innig Weite dürstet
Wie es sie nur in Deinen Armen gibt

(Könnt' ich nur, ach könnt' ich doch...)

Am jadeblauen Rand der Welt
Mit Dir auf mondsüchtigen Pfaden tanzen
Über uns das silbergewirkte Firmament
Und wir... bestickt mit Zeitsand aus Gold

*(Ausgewählte Werke XIX, Realis Verlag, 2016,
S. 524, ISBN 978-3-930048-73-1)*

Insomnia

Die Vieruhrstille packt den Schlaf am Kragen.
Buchstabensuppe wabert durchs Gehirn.
Halluzinierte REM-Phasen spinnen Schatten
an die Wand.

Der Minutenzeiger tangiert verpasste Gelegenheiten.
Aus der Schublade schürfen längst vernarbte Wunden;
wie das Make-Up von gestern: bereits abgeschminkt –
und juckt noch.

Der Traumfänger tanzt Cha-Cha-Cha im
frischbezogenen Luftschloss:
ein Grundriss aus löschpapierter Kohlezeichnung,
gebaut auf weichgespülter Hoffnung,
maßgeschneidert.

(Das feuergescheute Kind sonnte sich
in diesem Lichtschutzfaktor – und verbrannte.)

Fortan passwortgeschützt, wie ein
entkorkter Flaschengeist.
Fassadenweißes Lächeln, biologisch abbaubar.
Passend zum umweltfreundlichen Charakter
aufgetragen.

Später von der Backe geputzt und aufs
Brötchen geschmiert.
Die Seifenblase unters Frühstücksei gerührt.
(Selbstgebackene Ironie schmeckt eben
erst am nächsten Tag!)

Geschröpfte Eitelkeit, im Kanon eingemollt.
Da capo der halben Note.
Durch den Vorhang zwitschert schon der
morgendliche Schlussakkord:

Ein Vagabund hielt Rast – für Kaffee und
Pustekuchen.
Filetierte Träume in Julienne.
Nur der Kater bleibt zum Frühstück!

*(Brechungswellen, Sternenblick, 2016, S. 23,
ISBN 978-3739232836)*

Caruso

Welch bittersüß vollendeter Klang
Legt leidenschaftlich sich
An meinen Hals, dort
Wo Sehnsuchtsatmen singt

Dem ungestümen Schall verfallen
Winkt einsam das Verlangen
Nach Zeit, wie sie einst war
Doch nie mehr wird

So auch der tiefe Wunsch nach diesem Einen
Augenblick, verkleidet als Endlosigkeit
Im Bewusstsein des Vergänglichen
Hallt unbelehrt mein heimlicher Ruf:

„Ach, dreh Dich noch mal um, Flüchtiger!"
Wenn die Trauer um Einmaligkeit
Mich machtlos färbt und an Dir festhält
Unauslöschlich - Deine Gegenwart

Streichelt mir Vollkommenheit in die Erinnerung
Wie damals - als die Welt ward leise
Und das sinnliche Heimweh Deiner Lippen
Sich immerwährend auf meine übertrug

Nun straft mich jene Stunde des Begehrens
Viel zu hell in jeder Nacht
Und allzu nachklingend weint mir Dein Lied
In wundervoller Melancholie, der letzte Kuss

Welch ohnmächtige Stille im Vorbeigehen...
Oh glaub mir, dass ich sühne! Dies, mein Opfer.
Für einen Atemzug Unsterblichkeit
An Deiner Seite

(Mo(nu)mente, Sperling Verlag, 2016, S.30-31,
ISBN 978-3942104722)

Der Wind trägt herbstlich Duft

Der Wind trägt herbstlich Duft
Während Bäume sich entkleiden
Färbt kühlend sich die Luft
Noch kann Petrus nicht entscheiden
Zwischen der ewig Kluft
Von warm und kalt diesen beiden
D'rum lässt der himmlisch' Schuft
Uns auf Erden lieber leiden

Weine nicht, kleiner Engel

Weine nicht, kleiner Engel, sei still
Hör', was der Wind Dir zuflüstern will
Lausche gebannt seinem warmen Klang
Zur Beruhigung sei dieser Gesang

Weine nicht, kleiner Engel, sei leis'
Der Wind erbringt Dir diesen Beweis
Du brauchst keine Angst mehr zu haben
In ihm schwingen sanft seine Gaben

Weine nicht, kleiner Engel, sei stumm
Sieh' nur, wie der Wind wirbelt herum
Um Dich in Deinen Schlaf zu wiegen
Und so Deine Furcht zu besiegen

Verglühter Stern

Und zeigt's mir schwach nur seine Silhouette ...

Erkenn' ich dennoch Deine Augen
Wenn ich des Nachts im Schlafe liege
Während mein Haupt noch ruht in uns'rem Bette
Und es mir so im Traum erscheint
Als sei der Mond ihm eine Wiege

Und kenn' ich auch nicht seinen Namen
Wie sehn' ich mich nach seinem Duft
Den ich bislang nur konnt' erahnen
Obwohl es schmerzt in meiner Brust
Als ob es tritt in jenen Magen

Ich wickelt's gern in schützend' Watte
Wollt' auch sein Strahlen nie zerstören
Denn glaub' mir, Schatz, und spür' mein Klagen:
Ich wünscht', ich könnt' es lachen hören –
das Kind, das ich mit Dir nie hatte!

Als bliebe uns nur dies

Von fernen Stunden nimmersatt erfüllt
Liegst Du gar wonnig kletternd zu meinen Rippen
Als flüsterte der Morgentau über baren Rücken
Freudetrunken, wie das Chiffonkleid beim
langsamen Walzer

Wohlig malen Schauer meine Wirbelsäule entlang
Kreiselnd von der Anhöhe durchs Tal bis zu
den Klippen
Wie eine virtuos komponierte Ouvertüre
Im innig brandend' Tanz zu Deinem Gesang,
Deiner Stimme

Magnetisiert von jenem magischen Klang
Wie mondsüchtig in Dir auferstanden
So sehr bin ich verrückt nach Dir, nur Dir
Deiner Nähe, diesem Lächeln – mein Geysir

Oh, wie will ich Deine männlich' Hände
An meinen Munde führen
Jeden Finger einzeln kosen
Als bliebe uns nur dies

Und von dem Salz auf meinen Lippen naschen
Von Dir, als wärst Du ein Bonbon
Überwältigend, wie aufgeschäumte Zuckerküsse
Mit moussierend knisterndem Geschmack

Ich atme Dich, kann Dich kaum erwarten, brenne
Wie der Abendhimmel im Herbst, als Venusgürtel
geschmückt
Ungeduldig schimmernd... nein, gar stürmisch bebend
Prickelt laut mein Fleisch, mein Blut

Hüllenlos vor Deiner sinnlichen Offenbarung
Wie pikant berauschte Glut
Durch des Blickes Feuer lösen wir uns auf
– ganz und gar – um ineinander namenlos zu sein

Als wäre das, was uns begrenzt
Kaleidoskopisch wild verwoben
Aus bunten Linien angedünstet, fast ein Mosaik:
Du und ich, wir sind, wir werden... schwerelos

Wie zufällig verschwommene Silhouetten
Hingebungsvoll getragen in des Anderen Begehr
Oh, wie will ich Deine männlich' Hände
Als bliebe uns nur dies...

*(Aufgehen in Dir, Sternenblick, 2016, S. 70-71,
ISBN 978-3743114883)*

Glasherz

Wie Flaschenpost aus angeschwemmtem Brand
Schreibt die Wahrheit sich ein neues Gewand
Niemandes Schuld, niemandes Namen
Obgleich Du liegst in meinen Armen

Wie einst Wüstenstaub im Schattenwind
Leuchtet Deine Schönheit mich ins Lot
Wenn alle Zeugen gegangen sind
Kennt Liebe weder Zeit noch Verbot

Wir sind nur Passagiere, Du und ich
Doch ich bitte Dich, Liebling, zu bleiben
Folge mir durch das Konfettitreiben
Auf dass wir tanzen im Septemberlicht

Heb' Deine Küsse auf für mich
Als hätten wir den Nebel nie gesehen
Vergib mir, dass wir beide nicht
Im Morgentau den Heimweg weitergehen

Lass eine Kerze an für mich
Dies eine Licht, das nie erlischt
Lass uns mit nackten Händen überleben
Und wie der Puls in uns'rer Brust erbeben

Drama, wann singst Du die Melodie?
Von des Anfangsglückes Unterpfand
Hast mich nicht vergessen, wahrlich nie.
Und ich hab Dich früher schon gekannt

Damals, als wir noch jung an Jahren
Ward unser Kismet schon besiegelt
Wie könnt' ich jemals Abstand wahren?
Mein Herz aus Glas Dein Antlitz spiegelt

Ja, ich würde, wenn ich könnte
Niederknien für jeden Atemzug
Der gemeinsam uns vergönnte
Denn die Zeit mit Dir ist nie genug

Als berührten wir uns in Gedanken
Was gar blütenrein zu sein vermag
Wie in dem Moment, als wir versanken
Und der weiße Mond dem Tag erlag

Feinschmecker-Restaurant

Dein Blick............................Als sinnlicher Aperitif vorweg
Mit pikant-scharfem Blau gewürzt
Bestätigt meine Reservierung

Deine Hände............................Verlockende Hors d'oeuvre
Nähren das kochende Verlangen nach Dir ...
Unwiderstehlicher Festschmaus!

Dein Körper............................Eingedeckt als edle Tafel
Mit reichen Gaben lecker angerichtet
Lädst Du zum Vernaschen ein

Deine Haut............................Bezuckert durch Dein Salz
Dient mir als Teller
In Sünde getränkt

Deine Lippen............................Lindern meinen Durst
Blutroter Leckerbissen
Steigert meinen Appetit nur noch

Nach Deinem Fleisch............................Verzehrt es mich
Komm, stille meinen Hunger
Füttere mich - mit Dir

Auf meiner Zunge............................Zergehst Du langsam
Blanchiert in heißer Flamme
Lass Dich bis zum Ende garen

Dein Dessert⸳⸳⸳⸳⸳⸳⸳⸳⸳⸳⸳⸳⸳⸳Leicht spritzig abgeschmeckt
Und so hübsch dekoriert
Nasche ich kleine Kostbarkeiten

Deine Nähe⸳⸳⸳⸳⸳⸳⸳⸳⸳⸳⸳⸳⸳⸳⸳⸳⸳⸳⸳⸳⸳⸳⸳⸳⸳Reicht mir als Serviette
Bevor die Rechnung kommt
Ober! Zahlen ...

*(Pfeffrige Sünde - Habanero Red: Erotische Lyrik,
chiliverlag, S. 38-39, ISBN 978-3943292015)*

Erwachen

Lass Deine Hand mir Wiege sein
Sei der, der mich maskiert und ungeniert
Bei mir gastiert, sich wohldosiert drapiert
Und sei es auch nur so zum Schein

Geleite mich ganz allgemein
Sei der, der gern taktiert und sich verliert
Der variiert mich ziert und doch riskiert
Was scheitern muss von vornherein

Weil Freiheitsduft mich inhaftiert
Ich schier jede Weile übersteige
Die unsigniert in mir pulsiert

Doch das Heimweh jener Nächte schweige ...
Wenn Julimond uns neu kreiert
Singt Dein Morgentau an meiner Neige

*(wilde rosen, Sperling Verlag, 2017,
Veröffentlichung für das 3. Quartal des Jahres geplant)*

Zeitgarten

Wie regennasser Gassen wilde Seen
Winkt uns der Frühling im November
Voller Ungeduld zeitgereist durch alle Poren
Als wäre es der erste Tanz im späten
Mohnblumenmeer

Tollkühn scharwenzelnd, fast leichtblütig trunken
Prosten hektisch geraffte Stunden von draußen zu
Sie schmachten noch, nein, sie säen von jeher
Süßgeraspelte Minuten zwischen unsere Sekunden

Sie sind jetzt und absolut, einzig, nur durch Dich!
Als wenn die Zeit gar hielte, was sie uns verspricht
Doch meine Worte sind aus zweiter Hand
und beinah Butterland
Schon rinnt der erste Kuss wie Aprilnebel durch
den Morgen

Im perfekten Moment geborgen, der uns endlos macht
und rar
Mit Konfetti im Haar, gleich einer kostbaren Illusion
Ist nicht Pfand noch Finderlohn, was wir einst im
Flüsterton erbaten:
Die Welt steht für uns still, hier im Zeitgarten

*(Ausgewählte Werke XX, Realis Verlag, 2017,
Veröffentlichung für das 4. Quartal des Jahres geplant)*

Der Liebe Wort

Im Lied bist Du mir Melodie
Oh Nachtigall der Poesie!
Ihr Klang war niemals schöner als
Der bebend' Puls an Deinem Hals

Vollendet jede Sinnlichkeit
In zeitlos, selig, himmelweit
Wo verschmelzende Symbiose
Bist Du meinem See die Rose

Wie federleicht weht jenes Band
Um tröpfchengleich verlor'nes Land
Das dürstend sich ans Wasser legt
Und fließend uns hinfortbewegt

Zu jenem fernen Anderswo
Wo Zeit nicht mehr und ebenso
Der Raum nicht zählt und uns vergibt
Was unsichtbar uns längst umgibt

Im Wind streifst Du des Baumes Blatt
Und atmest mich an Deiner statt
Leg' Deinen Horizont ganz nah
An meinen. Flüchtig, doch fürwahr:

Barfuß sind wir. Wiesenliegend
Weiden die Gezeiten. Siedend
In das Monument geschrieben
Was vom Flussbett noch geblieben

Im Augenschließen fühl' ich Dich
Von jeher schon und ewiglich
Ist meine Küste Dir ein Heim
Wo immer Deine Bucht wird sein

Im weltvergessend Morgenlicht
Strahlt heller nur Dein Angesicht
Der frühlingsduftend frische Tag
Weiß von der Hoffnung, bitte sag'

Und schweig zugleich mir auf die Haut
Der Nächte süßer Tau. Wie laut
Ist mir Dein stiller Kuss. Berauscht
Versinkt Dein Schiff im Meer und lauscht

Gebannt noch in die Ferne, dort
Wo nichts mehr wiegt als nur Dein Wort...
Der Sehnsucht leiser Funken singt
Was sonst der Liebe Leben bringt

(Gedicht des Monats Februar 2016, Sternenblick)

Danksagung

Mein ganz besonderer Dank gilt allen Lesern, speziell meinen Eltern, die mich stets unterstützt haben und an mich glauben. Mama, Papa, Ihr seid die Besten.

Ebenso danken möchte ich meiner Muse, deren Küsse mich beflügeln; natürlich auch den Vorbildern aus Alltag und Umgebung, die in meinen Texten beheimatet sind, sowie meiner Lektorin Heidi. Deine konstruktive Kritik und Geduld im kreativen Prozess bringt mich immer noch einen Schritt weiter.

Last, but not least, möchte ich all jenen danken, die mich bislang auf meinem literarischen Weg begleitet und gefördert haben. Liebe Franziska, Stephanie und Karin, ohne Euch wäre dieses Buch nicht möglich – und ich nicht da, wo ich bin. Danke für diese Chance, die großartige Möglichkeit, mit Euch Worte in die Welt tragen zu dürfen!

Über die Autorin (Klappentext)

Tanja Sawall veröffentlicht Prosa und Lyrik in Zeitungen und diversen Anthologien, u. a. im chiliverlag, Schweitzerhaus Verlag und bei Sternen-Blick.

Mit *Zwischenton* erscheint nun ihre erste eigene Anthologie mit Texten verschiedener Genres. Inhaltlich werden Töne laut, die zwischen Menschen erklingen. In allen Schattierungen des Lebens, von leicht satirischen Alltagsbeobachtungen über experimentelle und romantische Poesie zwischen Liebe und Erotik bis hin zu Krimis in Kurz- und Kürzestgeschichten, zeigt uns die Autorin einen Querschnitt aus ihren bereits veröffentlichten und bislang unveröffentlichten Werken.

2015 Preisträgerin beim Wettbewerb der Bibliothek deutschsprachiger Gedichte.

2016 Drittplatzierte beim Katzen- und Naturschutz-Krimi-Wettbewerb des chiliverlags.

Danke fürs Lesen.